灼热的天空

苏童著 花挒图

EX-LIBRIS

藏书票

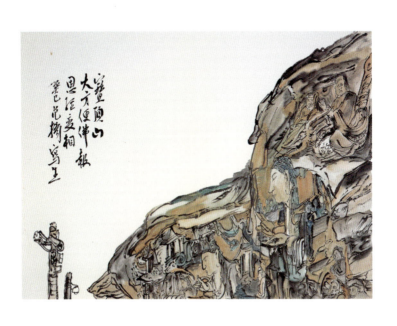

宝顶山大方便佛报恩经变相 / 2013年 / 41.4cm×55.4cm

灼热的天空

精典名家小说文库　谢有顺　主编

苏　童

著

作家出版社

图书在版编目（CIP）数据

灼热的天空 / 苏童著 .-- 北京：作家出版社，
2017.7

（精典名家小说文库）

ISBN 978-7-5063-9604-2

Ⅰ . ① 灼… Ⅱ . ① 苏… Ⅲ . ① 中篇小说 – 中国 – 当代
Ⅳ . ① I247.5

中国版本图书馆 CIP 数据核字（2017）第 175650 号

灼热的天空

作　　者：苏　童
责任编辑：丁文梅
装帧设计：精典博维·肖　杰
责任印制：李卫东　李大庆
出版发行：作家出版社
社　　址：北京农展馆南里 10 号　　邮　　编：100125
电话传真：86-10-65930756（出版发行部）
　　　　　86-10-65004079（总编室）
　　　　　86-10-65015116（邮购部）
E-mail:zuojia@zuojia.net.cn
http://www.haozuojia.com（作家在线）
印　　刷：三河市紫恒印装有限公司
成品尺寸：125×185
字　　数：48 千字
印　　张：3.5
版　　次：2017 年 9 月第 1 版
印　　次：2017 年 9 月第 1 次印刷
ISBN　978-7-5063-9604-2
定　　价：38.00 元

目录

灼热的天空

今天夹镇制铁厂的烟囱又开始吐火了，那些火焰像巨兽的舌头，粗暴地舔破了晴朗的天空。天空出血了。我看见一朵云从花庄方向浮游过来，笨头笨脑地撞在烟囱上，很快就溶化了。烟囱附近已经堆满了云的碎絮，看上去像黄昏的棉田，更像遍布夹镇的那些铁器作坊的火堆。天气无比炎热，我祖父放下了所有窗子上的竹帘，隔窗喊着我的名字。他说你这孩子还不如狗聪明，这么热的天连狗都知道躲在树荫里，你却傻乎乎地站在大太阳下面，你站在那儿看什么呢？

整个正午时分我一直站在石磨上东张西望，夹镇单调的风景慵懒地横卧在视线里，冒着一股热气，我顶着大太阳站在那儿不是为了看什么风景，我在眺望制铁厂前面的那条大路。从早晨开始大路上一直人来车往的非常热闹，有一支解放军的队伍从夹镇中学出来，登上了一辆绿色的大卡车，还有一群民工推着架子车从花庄方向过来，吱扭吱扭地往西北方向而去。我还看见有人爬到制铁厂的门楼上，悬空挂起了一条横幅标语。

我总觉得今天夹镇会发生什么事情，因此我才顶着大太阳站在石磨上等待着。正午时分镇上的女人们纷纷提着饭盒朝制铁厂涌去，她们去给上工的男人送饭，她们走路的样子像一群被人驱赶的鸭子。只要有人朝我扫上一眼，我就对她说，不好啦，今天工厂又压死人啦！她们的脚步戛然停住，她们的眼睛先是惊恐地睁大，很快发现我是在说谎，于是她们朝我翻了个白眼，继续风风火火地往制铁厂奔去。没有人理睬我。但我相信今天夹镇会发生什么事情。

除了我祖父，夹镇没有人来管我。可是隔壁棉布商邱财的女儿粉丽很讨厌，她总是像我妈那样教训我。我看见她挟着一块布从家里出来，一边锁门一边用眼角的光瞄着我，我猜到她会叫我从石磨上下来，果然她就尖着嗓子对我嚷嚷道，你怎么站在石磨上？那是磨粮食的呀，你把泥巴弄在上面，粮食不也弄脏了吗？

今天会出事，我指着远处的制铁厂说，工厂的吊机又掉下来了，压死了两个人！

又胡说八道，等我告诉大伯，看他不打你的臭嘴！她板着脸走下台阶，突然抬起一条腿往上撸了撸她的丝袜，这样我正好看见旗袍后面的另一条腿，又白又粗的，像一段莲藕。我不是存心看她的腿，但粉丽大惊小怪地叫起来，你往哪儿看？不怕长针眼？小小年纪的，也不学好。

谁要看你？我慌忙转过脸，嘴里忍不住念出了几句顺口溜，小寡妇，面儿黄，回到娘家泪汪汪。

我知道这个顺口溜恰如其分地反映了粉丽在夹镇的处境，因此粉丽被深深地激怒了。我看见她跺了跺脚，然后挥着那卷棉布朝我扑来。我跳下石磨朝大路上逃，跑到来家铁铺门口我回头望了望，粉丽已经变成了一个浅绿色的人影，她正站在油坊那儿与谁说话，一只手撑着腰，一只手把那卷棉布罩在额前，用以遮挡街上的阳光。我看见粉丽的身上闪烁着一种绿玻璃片似的光芒。

我祖父常常说粉丽可怜，我不知道她有什么可怜的，虽说她男人死了，可她爹邱财很有钱，虽说她经常在家里扯着嗓子哭嚎，但她哭完了就出门，脸上抹得又红又白的，走到哪儿都跟人有一搭没一搭地说话。我懒得搭理她，可是你不搭理她她却喜欢来惹你，归根结底这就是我讨厌粉丽的原因。

远远地可以听见制铁厂敲钟的声音，钟声响起来街上的行人走得更快了，桃树上的知了也叫得更响亮了，只有一个穿黄布衬衫的人不急不慌地站在路口。我看见他肩背行李，手里拎着一只网袋，网袋里的脸盆和一个黄澄澄的铜玩意儿碰撞着，发出一种异常清脆的响声。我觉得他在看我，虽然他紧锁双眉，对夹镇街景流露出一种鄙夷之色，我还是觉得他会跟我说话。果然他朝我走过来了。他抓着脖子上的毛巾擦了擦额头，一边用恶狠狠的腔调对我说话，小孩，到镇政府怎么走？

他一张嘴就让我反感，他叫我小孩，可我估计他还不满二十岁，嘴上的胡须还是细细软软的呢。我本来不想搭理他，但我看见他的腰上挎着一把驳壳枪，枪上的红缨足有半尺之长，那把驳壳枪使他平添了一股威风，也正是这股威风使我顺从地给他指了路。

小孩，给我拿着网袋！他拽了我一把，不容分说地把网袋塞在我手里，然后又推了我一下，说，你在前面给我带路！

我从来没有遇见过这么霸道的人，他这么霸道你反而忘记了反抗，世界上的事情有时就是无理可说。我接过那只网袋时里面的东西又哐啷哐啷地响起来，我伸手在那个铜玩意儿上摸了摸，这是喇叭吧？我问道，你为什么带着一个喇叭？

不是喇叭，是军号！

军号是干什么用的？

笨蛋，连军号都不知道。他粗声粗气地说，部队打仗用的号就叫军号！宿营睡觉时吹休息号，战斗打响时吹冲锋号，该撤退时吹撤退号，这下该明白了吧？

明白了，你会吹军号吗？

笨蛋，我不会吹带着它干什么？

我们夹镇不打仗，你带着军号怎么吹呢？

他被我问得不耐烦起来，在我脑袋上笃地敲了一下，让你带路你就带路，你再问这问那的我就把你当奸细捆起来。他走过来一把夺回了那只网袋，朝我瞪了一眼，说，我看你这副懒懒散散的样子，一辈子也别想上部队当兵，连个网袋也拿不稳！

就这样我遇见了尹成，是我把他带到镇政府院子里的。我不知道他到夹镇来干什么，只知道他是刚从部队下来的干部。夜里邱财到我家让祖父替他查账本，说起税务所新来了个所长，年纪很轻却凶神恶煞的，我还不知道邱财说的人就是尹成呢。

夹镇税务所是一幢两层木楼，孤零零地耸立在镇西的玉米地边。那原先是制铁厂厂主姚守山给客人住的栈房，人民政府来了，姚守山就把那幢木楼献给了政府，他想讨好政府来保住他在夹镇的势力，但政府不上他的当，姚家的几十名家丁都被遣走了，姚家的几百条枪支都被没收了，政府并不稀罕那幢木楼，只是后来成立了税务所，木楼才派上了用处——这些事情与我无关，都是那个饶舌的邱财来串门时我听说的。

我常常去税务所那儿是因为那儿的玉米地，玉米地的土沟里藏着大量的蛐蛐。有一天我正把一只蛐蛐往竹筒里装，突然听见玉米地里回荡起嘹亮的军号声。我回头一看便看见了尹成，他站在木楼的天台上，一只手抓着军号，另外一只手拼命地朝我挥着，冲锋号，这是冲锋号，他朝我高声叫喊着，你还愣在那儿干什么？你耳朵聋啦？赶紧冲啊，冲到楼上来！

　　我懵懵懂懂地冲到木楼天台上，喘着气对他说，我冲上来了，冲锋干什么？尹成仍然铁板着脸，笨蛋，这几步路跑下来还要喘气？说着他将目光盯在我的竹筒上，语气突然变得温和起来，小孩，今天抓了几只蛐蛐啦？我还没来得及说什么，尹成冷不防从我手中抢过了一节竹筒，他说，让我检查一下，你逮到了什么蛐蛐？

　　我看得出来尹成喜欢蛐蛐，从他抖竹筒的动作和眼神里就能看出来，但这个发现并不让我高兴，我觉得他对我的蛐蛐有所企图，我又不是傻瓜，凭什么让他玩我的蛐蛐，我上去夺那节竹筒。可气的是尹成把我的手夹在腋下，他的胳膊像铁器一样坚硬有力，我的手被夹疼了，然后我就对着他骂出了一串脏话。

你慌什么？尹成对我瞪着眼睛，他说，谁要你的蛐蛐？我就看一眼嘛，看看这儿的蛐蛐是什么样。

看一眼也不行。弄死了你赔！

我赔，弄死了我赔你一只。尹成松开了我的手，跟我勾了勾手指，他说，我逮过的蛐蛐一只大缸也盛不下，一只蛐蛐哪有这么金贵，你这小孩真没出息。

尹成倒掉了搪瓷杯里的水，很小心地把蛐蛐一只只放进去，我看见他在屋檐上拔了一根草，非常耐心地逗那些蛐蛐开牙。你都逮的什么鬼蛐蛐呀？都跟资产阶级娇小姐似的，扭扭捏捏的没有精神！尹成嘴里不停地奚落我的蛐蛐。他说，这只还算有牙，不过也难说，咬起来多半是逃兵。我看干脆把它们都踩死算了，怎么样，让我来踩吧？

不行，踩死了你赔！我又跳了起来。

尹成咧开嘴笑了笑，他把那些蛐蛐一只只装回竹筒，对我挤着眼睛说，看你那熊样，我逗你玩呢。

　　我眼睛很尖，注意到他把竹筒还给我时另一只手盖住了搪瓷杯的杯口，因此我就拼命地扒他的手想看清杯里是否还留着蛐蛐，而尹成的手却像一个盖子紧紧地扣着杯子不放，这么僵持了好久，我灵机一动朝天台下喊起来，强盗抢东西喽！这下尹成慌了，尹成伸手捂住我的嘴，不准瞎喊！他一边朝四周张望着一边朝我挤出笑容，他说，你这小孩真没出息，我也没想抢你的蛐蛐，我拿东西跟你换还不行吗？怎么样，就拿这杯子跟你换？

　　不行！我余怒未消地把手伸进杯子，但杯子里已经空了，我猜尹成已经把蛐蛐握在手里。他握着拳头举到空中，身子晃来晃去地躲避着我。我突然意识到尹成很像镇上霸道的大孩子，偏偏他年纪比我大，力气也比我大，遇到这种情况识趣的人通常不会硬来，后来我就识趣地坐下来了，但嘴里当然还会嘀嘀咕咕，我说，玉米地里蛐蛐多的是，你自己为什么不下去逮呢？

笨蛋，我说你是笨蛋嘛，他脸上露出一种得胜的开朗的表情。他说，我是个革命干部，又不是小孩子，撅着屁股逮蛐蛐，成何体统？让群众看见了什么影响？

我看着他小心翼翼地把那只蛐蛐放回搪瓷杯里。杯子不行，等会儿还得捏个泥罐，他自言自语地说着，回头朝我看了一眼，大概是为了安抚我，他走过来摸了摸我的脑袋，你还噘着嘴？不就一只蛐蛐吗？告诉你，解放军不拿群众一针一线，可是你不要杯子，我还真想不出拿什么东西跟你换。你别瞪着我的军号，我就是把脑袋给人也不会把军号给人的，要不我给你吹号吧，反正这几天夹镇没有部队，吹什么都行。

吹号有什么意思？我的目光开始停留在尹成腰间的驳壳枪上，我试探着去触碰驳壳枪，你给我打一枪，我说，打一枪我们谁也不欠谁。

不行，小孩子怎么能打枪？他的脸幡然变色，抬起胳膊时捅了我一下，滚一边去！他朝我怒声吆喝起来，给你梯子你就上房啦？你以为打枪跟打弹弓似的？子弹比你的蛐蛐金贵一百倍，一枪必须撂倒一个敌人你懂不懂？怎么能让你打着玩？

尹成发怒的模样非常吓人，难怪邱财他们也说他凶。我突然被吓住了，捡起竹筒就往楼下跑，但我还没跑下楼就被他喊住了，给我站住，尹成扶着天台的护栏对我说，我可从来不欠别人的情，告诉我你想打什么，我替你打，只要不打人和牲畜，打什么都行。

我站在台阶上犹豫了一会儿，随手指了指一棵柳树上的鸟窝，然后我就听见了一声脆亮的枪响，而柳树上的鸟窝应声落地，两只朝天翁向玉米地俯冲了一程，又惊惶地朝高空飞去。

枪声惊动了税务所小楼里的所有人，我看见他们也像鸟一样惊惶地窜来窜去。有个税务干部抓住我问，谁打的枪，哪儿打来的枪？我便指了指天台上的尹成，我说，反正不是我打的枪。

所有人都抬眼朝尹成望着，尹成正在用红缨擦驳壳枪的枪管，看上去他镇定自若。你们都瞪着我干什么？尹成说，是枪走火啦，再好的枪老不用都会走火的。

我听见税务员老曹低声对税务员小张说，他打枪玩呢，就这么屁大个人，还来当税务所所长。我知道两个税务员在说尹成的坏话，这本来不关我什么事，但尹成的那一枪打出了威风，使我对他一下子崇敬起来，所以我就扯着嗓子朝尹成喊起来，他们说你打枪玩呢！他们说你屁大个人还当什么税务所所长！

我看见尹成的浓眉跳动了一下，目光冷冷地扫视着两个税务员。尹成没说什么，但我分明看见一团怒火在他的眸子里燃烧，然后尹成像饿虎下山一样冲下台阶，一把揪住了税务员小张，楼下的人群都愣在那里，看着尹成抓住小张的衣领把他提溜起来。瘦小如猴的小张在半空中尖叫起来，不是我说的，是老曹说的！尹成放下小张又去抓老曹，老曹脸色煞白，捡了块瓦片跳来跳去的，你敢打我？当着群众的面打自己的同志？你还是所长呢，什么狗屁所长！老曹这样骂着人已经被尹成撞倒在地，两个人就在税务所门口扭打起来。我听见尹成一边喘气一边怒吼着，我让你小瞧我，让你不服气，我立过三个二等功，三个三等功，我身上留着一颗子弹十五块弹片，你他妈的立过什么功，你身上有几块弹片？

　　我看老曹根本不是尹成的对手，要不是邱财突然冒出来拉架，老曹就会吃大亏了。谁都看得出来尹成拉开了拼命的架势，他的力气又是那么大。邱财上去拽人的时候被尹成的胳膊抡了一下，差点摔了个狗啃泥。

　　邱财不知道是从哪儿冒出来的，他这会儿倒像干部似的夹在尹成和老曹之间，一会儿推推这个，一会儿搡搡那个。世上没有商量不了的事，何必动拳头呢？邱财眨巴着眼睛，拍去裤管上的泥巴，他说，干部带头打架，明天大家都为个什么事打起来，这夹镇不乱套了吗？

税务员老曹不领邱财的情，他对邱财瞪着眼睛说，邱财，你这个不法奸商，你想浑水摸鱼吧，我们打架轮不到你来教训我们，我会向领导汇报的。

你看看，好心总成驴肝肺。邱财喷着嘴转向尹成说，尹同志年轻肝火旺，又是初来乍到，水土不服的人脾气就暴，这也不奇怪。尹同志明天到我家来，我请你喝酒，给你接风，给你消消气。

尹成没有搭理邱财，我看见他低着头站在那儿，令人疑惑的是他突然嘿嘿一笑，然后骂了一句脏话，操他娘的，什么同志？我现在没有同志！人们都在回味尹成的这句话，尹成却推开人群走了。我看见尹成大步流星地走到路边那棵老柳树下，捡起被打碎的鸟窝端详了一会儿又扔掉了，然后他对着柳树撒了泡尿。他撒尿的声音也是怒气冲冲的，好像要淹死什么人，因此我总觉得尹成这个干部不太像干部。

　　今天从椒河前线撤下来的伤兵又挤满了夹镇医院，
孩子们都涌到医院去看手术，看见许多士兵光着身子大
汗淋漓地躺在台子上，嘴里嗷嗷地吼叫着。大夫用镊子
从他们身上夹出了子弹，当啷一声，子弹落在盘子里，
孩子们就在窗外拍手欢呼起来，有人大声数着盘子里黄
澄澄的弹头，也有人挤不到窗前来，就在别人身后像猴
子似的抓耳挠腮，一蹦一跳的，我知道他们都是冲着那
些弹头来的，等会儿医生把盘子端出来，他们会涌上去
把那些弹头一抢而光。夹镇从来没有打过仗，孩子们就
特别稀罕子弹头这类玩意儿，当然我也一样，虽然尹成
给过我几颗，有一次他还开玩笑说要把肩胛骨里的弹头
挖出来给我，我知道他在开玩笑，但假如他真那么做我
会乐意接受的。

　　有个年轻的军官左手挂了彩，用木板绷带悬着手，

他在水缸边洗澡，用右手一瓢一瓢地舀水，从肩上往下浇。我看见尹成风风火火地闯进医院的院子，他见到洗澡的军官嘴角咧开就笑了，他朝我摆了摆手，然后蹑手蹑脚地走到军官身后，提起一桶水朝他头上浇去。

看得出来尹成跟那个徐连长是老战友，他们一见面就互相骂骂咧咧的，还踢屁股，尹成见到徐连长，脸上的乌云就逃走了，他到夹镇这些日子我第一次看见他咧嘴傻笑。后来尹成就拽着徐连长往税务所走，我跟在他们身后，听见他们在谈论刚刚结束的椒河战役，主要是谈及几个战死的人，那些人我一个都不认识。

徐连长说，小栓死了，踩到了敌人的地雷，一条腿给炸飞了，操他娘，我带人撤下来时他还在地上爬呢，铁生上去背他，他不愿意，说要把那条腿找回来，铁生刚把他背上他就咽气了。

尹成说，操他娘的，小栓才立过一个三等功呀。

徐连长说，老三也死了，胸前挨了冲锋枪一梭子弹，也怪他的眼病，一害眼病他就看不清动静，闷着头瞎冲，身上就让打出个马蜂窝来了。

尹成说，操他娘的，老三家里还有五个孩子呢，谁牺牲也不该让他牺牲，他也才立过两个三等功呀。

徐连长说，老三自己要参加打椒河，他老犯眼病，年纪又大了，组织上已经安排他转地方了，他非要打椒河不可，老三也是个偏人嘛。

操他娘的，尹成低着头走了几步，突然嘿嘿一笑，说，也没有什么可惜的，老三跟我一个脾气，死要死得明白，活要活得痛快，他要是也跟我似的去个什么夹鸡巴镇，去个什么税务所闷着闲着，还不如死在战场上痛快。

你还是老毛病，什么痛快不痛快的？徐连长说，干革命不是图痛快，革命事业让你在战场上你就在战场上，让你在地方上你就在地方上，不想干也得干，都是党的需要。

那你怎么不到地方来？尹成说，你怎么不来夹镇当这个税务所所长？凭什么你能打仗上战场，我就得像个老鼠似的守着那栋破楼？

你他妈的越说越糊涂了，徐连长说，我知道你最不怕死，可我告诉你，你尹成是党的人，党让你去死你才有资格去死，党让你活着你就得活着，像只老鼠怎么了？革命不讲条件，革命需要你做老鼠，你还就得做好老鼠！

我在后面忍不住哈哈地笑起来，尹成猛地回过头朝我吼道，不准偷听，给我滚回家去。尹成一瞪眼睛我心里就犯怵，我只好沿原路往回跑，跑出去没多远我就站住了，心想我何必这么怕尹成呢，我祖父说尹成不过是个愣头青。他确实是个愣头青，跟谁说话都这么大吵大嚷的，一点也不像个干部。我钻到路边姚家的菜地里摘了条黄瓜咬着，突然听见尹成跟那个徐连长吵起来了，他们吵架的声音像惊雷闪电依次炸响，菜地里的几只鸟也被吓飞了。

徐大脑袋，你少端着连长的架势教训我，你以为你能带着一百号人马上战场就了不起了，你就是当了军长司令我也不尿你的壶。徐大脑袋，你除了脑袋比我大多几个臭文化，你有哪点比我强？

徐大脑袋，你别忘了，我在十二连吹号时你还在给地主当帮工呢，打沙城的时候你还笨得像只鹅，你伸长了脖子爬城墙，要不是我你的脑袋还在脖子上吗？操他娘，你忘了我脖子上这块疤是怎么落下的？是为你落下的呀！

徐大脑袋，我问你我身上有多少光荣疤，十五块对吗？你才有几块光荣疤，我知道你加上这条胳膊也才八块，十五减八等于七对吗？徐大脑袋你还差我七块呢，差我七块呢，凭什么让你在战场上让我下地方？

我听清楚的就是尹成的这些声音。从夹镇西端去往税务所的路上空旷无人，因此尹成就像一头怒狮尽情地狂吼着，吼声震得路边的玉米叶子沙沙作响。我很想听到徐连长是怎么吼叫的，但徐连长就像一个干部，他出奇地安静，他面对尹成站着，用右手托着悬绑的左臂，我沿着玉米地的沟垄悄悄地钻过去，正好听见徐连长一字一句地说出那句话。

徐连长说，尹成，你是不应该来夹镇，你应该死在战场上，否则你会给党脸上抹黑的。

徐连长说完就走了，他疾步朝夹镇走去，甚至不回头朝尹成看一眼。我觉得徐连长的言行都有藐视尹成的意思，一个干部藐视另一个干部，这是我所不能理解的。透过茂密的玉米叶子，我看见尹成慢慢地蹲在路上，他在目送徐连长离去，尹成的脸上充满了我无法描述的悲伤。我不知道他为什么突然蔫了下来，更加让我惊愕的是他蹲在路上，一直捏弄着一块土疙瘩，我看见他的脸一会儿向左边歪，一会儿向右边歪，脖子上的喉结上下耸动着，我觉得他像要哭出来了。

我拿着那条咬了一半的黄瓜走到尹成面前,我把黄瓜向他晃着,说,要不要吃黄瓜?

尹成抬起手拍掉了我手里的黄瓜,他看了我一眼,又低下头瞪着那块土疙瘩。我听见他用一种沙哑乏力的声音说,小孩,去把徐连长叫回来,我要跟他喝顿酒,我要跟他好好聊一聊,徐大脑袋,他才是我的同志呀。

他已经走远了,我指着远处徐连长的身影说,是你自己把他气走的,你骂了他,你把他气走了。

我不是故意气他的,尹成说,我见到他心里别提有多高兴。怎么说着话就斗起嘴来了?好不容易见一次面,怎么能这样散了?

你骂他徐大脑袋,你说他的光荣疤不如你多嘛。我说。

我真是给他们气糊涂了。我跟徐大脑袋头挨头睡了三年呢,天各一方的又见面,怎么就气呼呼分了手?他们还要去打西南,这一走我恐怕再也见不到尖刀营的同志了。尹成这时把我的脑袋转了个向，我正在纳闷他为什么要转我脑袋呢，突然就听见了尹成的哭声，那哭声起初是低低的压抑的，渐渐的就像那些满腹委屈的孩子一样呜呜不止了。我在一旁不知所措，我想尹成是个干部呀，平时又是那么威风，怎么能像孩子似的呜呜大哭呢？我忍不住往尹成身边凑，尹成就不断地推开我的脑袋，尹成一边哭一边对我嚷嚷，你从这里滚开，快去把徐大脑袋追回来，就说我不是故意的，我想找他聊一聊的，我想跟他一起喝顿酒！

是你把他骂走的，你自己去把他叫回来嘛。我赌气退到一边说，我才不去叫呢，我又不是你的勤务兵！

这时候税务所木楼里有人出来了，好像是税务员老曹站在台阶上朝我们这里张望，我捅了捅尹成说，老曹在看你呢！尹成一下子从地上跳了起来，他在脸上胡乱抹了一把，突然想起什么，恶狠狠地看着我说，今天这事不准告诉任何人，你要是告诉别人我就一枪崩了你！

我知道他所说的就是他呜呜大哭的事情，但我不知道自己是否能忍住不把这件事情告诉别人。

我与税务所所长尹成的友谊在夹镇人看来是很奇怪的。我常常在短裤里掖个蛐蛐罐往税务所的木楼里跑，税务员们见我短裤上鼓出一块，都想拉住我看我藏着什么东西，我没让他们看见，是尹成不让我把蛐蛐罐露出来的，他喜欢与我斗蛐蛐玩，却不想让人知道，我知道那是我们之间的秘密，我也知道我与尹成的亲密关系就是由这些秘密支撑起来的。

我祖父常说夹镇人是势利鬼，他们整天与铁打交道，心眼却比茅草还乱还细，他们对政府阳奉阴违，白天做人，夜里做鬼，唯恐谁来占他们的便宜。从制铁厂厂主姚守山到小铁匠铺的人都一个熊样，他们满脸堆笑地把一布袋钱交到税务所，出了小楼就压低嗓音骂娘，他们见到尹成又鞠躬又哈腰的，嘴里尹所长大所长尹同志这样地叫着奉承着，背过身子就撇嘴冷笑。有一次我在税务所楼前撞见姚守山和他的账房先生，听见姚守山说，我以为来个什么厉害的新所长呢，原来是个毛孩子，鸡巴毛大概还没长全呢，他懂什么税，懂什么钱的交道！哪天老曹他们起了反心，把钱全部弄光了他也不知道！账房先生说，别看他年轻，对商会的人凶着呢。姚守山冷笑了一声说，凶顶个屁用？解放区的天是晴朗的天，他再凶也不敢在夹镇掏枪打人。

我转身上楼就把姚守山的话学给尹成听，尹成坐在桌前擦那把军号，起初他显得不很在意，他还说，小孩子家别学着妇女的样嚼舌头，背后怎么说我都行，我反正听不到。但我知道他是假装不在意，因为我发现他的眉毛一跳一跳的，他突然把桌上什么东西狠狠地摔在地上，然后用脚跟狠狠地踩着。我一看是一盒老刀牌香烟，我知道那是姚守山送来的，姚守山经常给干部们送老刀牌香烟。

这条资本家老狗！尹成吼了一声，从地上拾起那盒踩烂的香烟，塞到我手里说，给我送还给姚守山去，你告诉他让他等着瞧，看我怎么收拾他们这些反革命资本家！

我不去。我本能地推开那盒烂香烟，说，我又不是你的勤务兵，我们还是斗蛐蛐玩嘛。

谁跟你斗蛐蛐？尹成涨红了脸，一把揪住我的耳朵，你以为我是小孩，整天跟你斗蛐蛐玩？操你娘的，你也敢小看我？你们夹镇人老老少少没一个好东西。

我的耳朵被他揪得快裂开了，我想好汉不吃眼前亏，我不应该跟他犟的，于是我一边掰尹成的手一边叫喊着，我没说你是小孩，你是大人，大人不能欺负小孩。

尹成松开了我的耳朵，但他还是伸出一只手抓着我，瞪着我说，别跟我耍贫嘴，这盒烟你到底送不送去？

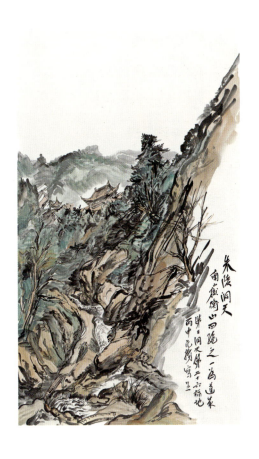

朱陵洞天 / 2016年 / 94.8cm×55.5cm

山乡田野（无题） / 2014年 / 38.8cm×64.5cm

我赶紧点点头，抓过那盒烟就往外跑。但你知道我也不是那么好惹的，跑出木楼我就冲着楼上大喊了一句，尹成，你算什么好汉，你是个毛孩子，你鸡巴毛还没长全呢！

　　没等尹成应声我就跑了，我觉得我跟尹成的友谊可能就此完蛋了。这要怪姚守山那条老狗，也要怪我自己多嘴多舌，但说到底还要怪尹成，他是个干部，怎么可以跟孩子一样，耳朵盛不住一句话，心里压不住一件事？夹镇的干部多的是，他们都有个干部的样子，而尹成他怎么威风也不像个干部，我突然觉得夹镇人没有说错，尹成是个愣头青，尹成是个毛孩子，尹成他，就是个孩子！

　　我怀着对尹成的满腔怨恨一口气跑到制铁厂，看门的老王头把我堵在门口，他说，你慌慌张张地跑什么？厂里不准小孩来玩。我就把那盒烂烟啪地拍在老王头手上，凶恶地大喊道，尹成派我来的，告诉姚守山，让姚守山小心他的狗命！

老王头张大了嘴巴瞪着我，你胡说些什么呢，到底是谁要谁的命？

尹成要姚守山的狗命，尹成要枪毙姚守山！我这么大声喊了一嗓子就往家跑了，反正我已经完成了尹成的任务，我懒得再管他们的事了。

就在那天夜里，邱财跑到我家来眉飞色舞地透露了一条关于尹成的新闻，说姚守山纠集了夹镇的一批商人去镇政府告尹成的状，镇长把尹成找去狠狠地训了一顿。尹成那小子真是个愣头青呀，镇长训他他也嘴硬，镇长一生气就把他的枪收掉啦！邱财眨巴着眼睛，突然嘻嘻笑起来，他说，我看着那小子从镇政府出来，还踢鸡撒气呢。也怪了，那小子腰上挂个驳壳枪还像个小干部，如今腰上没了驳壳枪，怎么看都是个半大小子呀。

我祖父说，他本来就是个孩子，他还不知道到夹镇工作有多难呢。十八九岁的孩子，怎么斗得过夹镇的这些人渣？

棉布商的女儿粉丽端着一匾红枣出来了。粉丽端着红枣在门口走来走去的，阳光洒满了空地，可她就是拿不定主意把匾放在哪里。我看见她乜斜的眼神就知道她的心思，粉丽比她爹邱财还要小气抠门，她就是害怕谁来偷吃她家的红枣。

我把红枣晒这儿了，你可不准偷吃。粉丽说，偷吃别人家的红枣会拉不出屎的。

你才拉不出屎呢，我说，你们家的红枣送我我也不吃。

逗你玩呢，你生什么气呀？粉丽伸手在匾里划拉着红枣，说，怎么不见你去找尹成玩了，他不理你啦？

他不理我？我哼了一声，转过脸说，是我不理他。

尹成到底有多大，还不满二十吧？怪不得会跟你玩呢，粉丽说，不过也难说，有的人天生长得孩子气，没准他还比我大一两岁呢。你该知道的，尹成有二十了吧？

我不知道，你自己去问他！我说。

我怎么去问他，他多大关我什么事？粉丽朝我翻了个白眼，两只手挥着驱赶空中的苍蝇，她腕子上的一对手镯就叮当叮当地响起来。我爹请他来家喝酒呢，粉丽突然说，请了好几次了，你说他肯不肯来？

他才不会来你家喝酒，干部不喝群众的酒。我说。

哎哟，你是他肚子里的蛔虫呀？粉丽咯咯地笑起来，说，你怎么知道他不肯来，万一他来了呢？

我就是不愿意和粉丽说话，有一搭没一搭的，让人讨厌。杂货店的妇女们都说邱财不想让粉丽在家吃闲饭，急着要把女儿再嫁出去，我看粉丽自己也急着想嫁人，要不她为什么天天涂脂抹粉穿得花枝招展的？我突然怀疑粉丽是不是想嫁给尹成，她要真那么想就瞎了眼了，尹成是个革命干部，怎么会娶一个讨厌的小寡妇？再说尹成从来不正眼看一下姑娘媳妇，我觉得他跟我一样懒得搭理她们。

我没想到尹成那天傍晚会来敲我家的窗子，我以为他不会再理睬我了，因为我祖父觉得尹成的麻烦一半是我惹出来的，我的嘴太快，我唯恐天下不乱，祖父为此还用刷子刷过我的嘴。尹成在外面敲窗子，我祖父就很紧张，他以为尹成是来找我算账的，他对着窗外说，我孙子给尹同志惹了麻烦，我已经教训过他了，他以后再也不敢啦。但尹成还在外面敲窗子，他说，他还是个孩子嘛，能给我惹什么麻烦？我要去喝酒，想让他陪陪我。

我走到外面，耳朵又被尹成拉了一下，他说，你敢躲着我？躲着我也不行，你就得当我的勤务兵。我注意到他的皮带上空荡荡的，我说，镇长真的收了你的枪？

尹成拍了拍他的髋部原先挂枪的位置，他敢收我的枪？是我自己交出去的。他们怕我在夹镇杀人嘛。尹成做了个掏枪瞄准的姿势，用手指瞄准制铁厂的烟囱，然后我听见尹成骂了句脏话，他说，操他娘的，没了枪人还是不对劲，走起路来飘飘悠悠的，睡觉睡得也不踏实。尹成说到这儿噎了一下，突然把手在空中那么一劈，说，去喝酒喝酒，喝醉了酒心里才舒坦！

尹成领着我朝昌记饭庄走，走到那里才发现饭庄关了门。隔壁铁匠铺里的人说饭庄老板夫妇到乡下奔丧去了。尹成站在那儿看铁匠们打铁，看了一会儿说，不行，今天真是想喝酒，不喝不行。然后他突然问我邱财家住哪里，我一下就猜到尹成想去邱财家喝酒，不知为什么我惊叫起来，不行，你不能去他家喝酒！尹成说，怎么不能去？我还怕他在酒里下毒吗？我又说，你是干部，不能喝群众的酒！尹成这时候朗朗地笑起来，他是什么群众？尹成说，他是不法商人，家里的钱都是剥削来的，他的酒不喝白不喝！

我几乎是被尹成胁迫着来到了邱家门前，站在邱家的台阶上我还建议尹成到我家去喝酒，我记得祖父的床底下有一坛陈酿白酒的，但尹成不听，他偏偏要去邱家喝酒。我觉得他简直是犯迷糊了。你爷爷是群众，不喝群众的酒，尹成说，我就要喝不法商人的酒！

出来开门的是棉布商的女儿粉丽，粉丽把门开了一半，那张白脸在门缝里闪着一条狭长的光。我听见她哎呀叫了一声，然后就不见了，只听见木屐的一串杂沓的声音，然后邱财举着油灯把我们迎了进去。邱财的脸在油灯下笑成了一朵花，他抓着尹成的手说，尹所长呀，盼星星盼月亮，我总算把你盼来啦。

邱财家就是富，我们刚刚在桌边坐下，一碗猪头肉就端上来了，花生米、煎鸡蛋和白面馒头也端上来了，端馒头的是粉丽。粉丽把一屉热馒头放到桌上，嘟着红红的嘴吹手指，一边吹手指一边还扭着腰肢，她斜睨着尹成说，刚出锅的馒头，烫死我了。

我看着尹成，尹成看着邱财，邱财正撅着屁股从香案下取酒。邱财说，粉丽，你愣在那儿干什么？赶紧招呼客人呀。

粉丽又扭了扭腰肢，突然就往尹成身边一坐，粉丽坐下来时还莫名其妙地白了我一眼。

我说，你别朝我翻白眼，我又不要吃你家的饭，是他让我陪着的。

尹所长胆子这么小呀？粉丽给尹成排好了筷子和碗，抿着嘴扑哧一笑，说，到我家吃个饭还要人陪着，怕谁吃了你呀？

我发现从粉丽坐下来那一刻起尹成就很不自在，尹成的脖子转来转去的，眼睛好像不知往哪儿看，后来他就看着我笑。但我知道尹成很不自在，我看见他脸红了，额头上冒出豆大的汗珠，我看见他的身板僵直地挺在凳子上。邱财终于把一坛酒抱到桌上，也就在这时尹成突然站起来说，你家这凳子怎么扎人呢？尹成拍了拍凳子就往我身边挤过来，他说，我还是坐这儿，坐这儿舒坦些。

粉丽把脑袋凑到那张凳子前，说，凳子上没钉，怎么会扎人呢？但邱财朝他女儿瞪了一眼，没钉子怎么会扎人？邱财说，尹所长说有钉子就是有钉子，他坐那边不也挺好吗？

后来就开始喝酒了。

起初只有邱财没话找话，尹成对他爱理不理的，我看着尹成一口口地喝酒，一碗酒很快见底了，粉丽就很巴结地又倒上一碗。粉丽的眼神像笤帚一样在尹成身上扫来扫去的，但尹成就是不看她，尹成不看她她还干坐在那里，我觉得粉丽有点儿贱，也有点可怜巴巴的。

邱财说，尹所长我不是在你面前充好人，那次姚守山带着商会一帮人去告你的状，我就是没去呀，我还想拦着他们，可惜没拦住。姚守山那人你知道的，夹镇地方一霸，张开一只手就遮住半边天呢。

尹成说，他遮什么天？称什么霸？哪天露出了狐狸尾巴，一枪让他去见阎王爷。

邱财说，尹所长你不知道呀，好多人在背后说你坏话，就连你们税务所的老曹也在反对你，他说你嘴上没毛办事不牢，说你连算盘都不会打还来当税务所所长，还有小张，他也在背后讥笑你，他们对你就是不服气呀。

尹成说，谁都对我不服气，都在暗里给我使绊子呢，用不着你来挑唆，我全知道。邱财你也不是什么好东西，你请我喝酒安的什么心，以为我不知道？你想拉拢腐蚀我呢，可我就是不怕，我在前线打仗死了两次都活过来了，我还怕你们这些不法商人？我怕个球！

邱财说，尹所长这话说哪儿去了？我邱财可没想拉拢腐蚀你，我邱财拥护革命在夹镇也有了名，怎么能说是不法商人呢？我邱财做的是小本生意，可哪次交税我不争个第一呀？

尹成说，你们都是两面派，明里一套，暗地一套，我又不是傻瓜，我还不知道你们这些不法商人的心思？我什么都知道。

邱财的笑脸渐渐地撑不住了，他的筷子也被尹成碰到了地上，我俯下身去看邱财捡筷子，看见的是一张阴沉得几近狰狞的脸。桌子底下的那张脸使我倒吸了一口凉气，我突然想到什么，于是凑到尹成耳边说了一句悄悄话，我说，你要小心，他们想把你灌醉了暗害你。但是尹成听了却哈哈大笑起来，尹成豪迈地笑着说，谁敢暗害我？借他十个胆子也不敢！

我知道尹成喝得半醉了，我看着他的脸一点点地变成鸡冠色，听着他的嗓门越来越大，突然觉得这事不公平，我不喝酒，又不吃邱财的菜，凭什么陪着尹成呢？再说我也困了，我的眼皮渐渐往下沉了。有几次我从凳

子上站起来，都被尹成扯住了，尹成说，不准走，你得
陪着我，等会儿说不定要你扶我回去呢。邱财在旁边赔
着笑脸说，小孩子家入夜就困，你还是让他去睡吧，你
要喝醉了我扶你回去。尹成对邱财说，我跟我的勤务兵
说话，没你的事，谁要你扶我回去，你以为我不知道你
安的什么心？

　　我不知道尹成为什么非要让我陪着他，他还抓了一
把花生米硬往我嘴里塞，他说，不准睡，不准当逃兵，
等我喝够了心里就舒坦了，等我心里舒坦了我们就走，
尹成说着还跟我勾了勾手指。勾了手指我就不能走了。
我本来是想遵守诺言陪他到底的，但我突然想撒尿了，
尹成这次放开了我。他说，撒完尿就回来，回来扶我
走，我也喝得差不多啦。

　　我在外面的月光地里撒了一泡尿，事情就发生了变
化。我撒尿的时候还想着去陪尹成，但不知怎么搞的，
最后我撞开了我家的门，爬到了我的凉席上，碰到凉席

我大概就睡着了。我想那天夜里我是太困了，把尹成的事情忘了个一干二净。

我也不知道那天夜里邱财家还发生了什么事情，那大概是整个夏季里最凉爽的一夜了，我一觉睡到天亮。天亮时隔壁棉布商家里又响起了粉丽呜呜的啼哭声，我祖父把我弄醒了，他问我昨天夜里我们在邱财家干了些什么。我睡眼惺忪地说，没干什么，他们喝酒呢。祖父谛听着隔壁的动静说，没干什么会闹成这样？隔壁大概出了什么事了。我突然想到了什么，差点惊出一身冷汗，邱财把尹成暗害了！我这么喊了一句就往门外跑，我先去撞邱财家的门，但邱财硬是把我推了出来。我就又朝税务所那边飞奔而去。隔着很远我听见从木楼中传出一阵嘹亮的军号声，是军营中常常听见的早号，我一下就放心了。我觉得尹成在那天早晨的吹号声惊天动地，似乎在诉说一件什么事情，但我确实不知道那是一件什么事情。

　　事情过后的那天早晨我去了税务所小楼。

　　我走到楼前正碰上税务员小张蹲在外面刷牙，他从地上拿起眼镜来认真地看我，说，又是你，大清早跑来干什么？我说，我又不找你，我找尹成。小张嗤地一笑，站起来挡着我的去路，他昨天夜里跑哪儿去了？小张指了指楼上，眼睛在镜片后闪闪烁烁地盯着我，你肯定知道他上哪儿，去喝酒了吧？我因为讨厌小张，就甩开他的手说，我不知道！

　　我一抬眼恰好看见尹成手执军号站在天台上，他对我的回答露出了赞许的微笑，我知道这次我立功赎罪了。然后我就听见尹成对着天空吹了一串冲锋号，收起军号对我喊道，今天逢集，我们赶集去！

　　尹成能如此轻易地原谅我昨天夜里的背信弃义，我真的没想到，但我才懒得想那么多，他带我去集市我就去，他给我买什么我就拿。在嘈杂拥挤的夹镇集市上，尹成显得心事重重的，他会突然把我的脑袋转向他，好像要对我说什么，但每次都是欲言又止。还是我先忍不住了，我说，有话快说，有屁快放嘛。

尹成为我买了几只桃子，就把我按在一堆破竹筐上，对我说出了他想说的话。

我真不知道该不该跟你说这些，尹成搓着他的一双大手看着我，他说，你还小，你还是个孩子，说这些也不知道你明不明白。

我明白，你明白的事我就明白。

我昨天喝醉了，尹成说，我长这么大就喝过两次酒，一次是在凤城下河捞枪，那儿有个土豪在河里藏了几十条枪，连长拿了坛酒让我们喝了下水，说是酒能抗冻，我喝了几口下冰水，捞了八条枪上来，还真是一点不冷。

你又说捞枪的事，说过好多回了，还有你爬水塔摸哨兵的事，也说过三回啦！

好，不说那些事。尹成瞪了我一眼，咽下一口唾沫，继续搓着他的手说，我昨天喝醉了，人一喝醉就把什么都忘了，我不知道是怎么回事，我把我的裤衩弄丢了！

我忍不住咯咯大笑起来，但我的嘴很快就被尹成捂住了，尹成的表情看上去有点儿窘迫也有点愠怒。他说，不准笑，严肃起来，我正要问你，你有没有看见我的裤衩？

我没看见，我又不是你媳妇，谁管你的裤衩呀？我推开了尹成的手，开始揉除桃子上的毛霜。

肯定是让邱财那狗日的拿走了。尹成的嘴呼呼地往外吐气，一般残余的酒味直扑到我的脸上。肯定是在邱财家里，尹成按着我的肩膀说，我派给你一个任务，你到邱财家里把我的裤衩偷出来，你要是完成了任务我给你记一个三等功。

我可不做小偷，我咬了一口桃子说，到别人家偷东西我爷爷会打死我的。

那不叫偷东西，那是革命工作呀！尹成说。

那你自己为什么不去？是你的裤衩，你去要回来不就行了吗？我说，邱财家那么有钱，才不稀罕你的臭裤衩呢。

笨蛋，跟你这个笨蛋说什么好呢？尹成推了我一下，蹲在地上抓耳挠腮的。过了一会儿，他说，这件事情很复杂，跟你说了你也不会明白的，你还是个孩子嘛。我告诉你，我犯下错误啦。

丢裤衩就算错误啦？我说。

我明明知道邱财那狗日的不是好人，我知道他会给我下圈套，可我还是喝了他的酒。尹成抱着脑袋，目光直直地瞪着地上的几片鸡毛，他说，我喝糊涂啦，我肯定犯下错误啦，操他娘的，我钻了邱财的圈套啦。

尹成失去了与我说话的耐心，他的脑袋焦躁地转来转去，他的眼睛中有一种愤怒的烈焰渐渐燃烧起来，然

后他一扬手拍掉了我手里的桃子，吃，吃，你就知道
吃桃子，不准吃了！尹成突然把我从竹筐上拉起来说，
走，我们去邱财家，我就不信他敢跟我耍什么花招。

　　我来不及拾起那半只桃子，就被尹成推到了赶集的
人群中。我被尹成推着在密密匝匝的人群中走，有人以
为我是尹成抓到的什么俘虏，他们挤过来，嘴里啧啧有
声地打量我的脸，他们说，尹所长，这孩子犯什么事
了？这真让我恼火，我就扯着嗓子叫起来，不是我，是
邱财，是邱财偷了……我还没说完嘴巴又被尹成堵住
了，那只手冰凉冰凉的，手心上浸着咸涩的汗，尹成已
经恼羞成怒，他凑到我耳边恶狠狠地说，你再敢乱喊乱
叫的，我宰了你！

　　走到集市的尽头了，我觉得尹成抓着我的那只大手
突然松开了。尹成回过头看着一个打花阳伞的女人，他
的眼睛瞪得大如牛铃，两道浓眉在前额中央打了个死

结，我觉得他的模样就像是撞见了一个鬼魂。

打着花布阳伞的女人不是一个鬼魂，不是别人，正是棉布商邱财的女儿粉丽。我看见粉丽的脸抹着一层厚厚的粉霜，嘴唇搽得又红又亮，因此粉丽看上去还真的有点像戏台上的女鬼。粉丽站在离我们十几步远的地方，她在朝我们这里看，准确地说她是在看尹成，我觉得她看尹成的目光也有点像戏台上的女鬼，眼睛不像眼睛，像嘴巴那样张大了要把尹成吃到肚子里去。然后我听见粉丽喊了一声，尹、同、志、呀，听上去就像女鬼的台词了，凄凄惨惨的似哭非哭的，我觉得粉丽的样子实在可笑，我忍不住咯咯大笑起来。

我一笑尹成就跳了起来，尹成慌慌张张的一下从地上跳了起来，我完全没有料到他会如此害怕粉丽，就好像粉丽真的成了一个女鬼。我完全没有料到尹成看见粉丽会逃之天天，尹成撇下我就跑，起初他只是大步地走，但走了没几步他就跑起来了，就好像身后有个索命的女鬼。

后来就出现了夹镇人津津乐道的那个场面：在集市通往夹镇的大路上，我在追赶尹成，而粉丽在后面追赶我们——主要是粉丽追我们显得不成体统，她穿着旗袍打着花布阳伞在路上跑，她紧咬着嘴唇，一手提着旗袍的角边在路上跑，跑得还挺快的。我没追上尹成，她却快把我追上了，我又气又恼，干脆就站住了。

你是个女鬼呀，大白天的在路上追男人，也不嫌害臊。我对粉丽嚷道。

粉丽手中的阳伞掉到了地上，这下她终于站住了。她捂着胸口喘气，喘了一会儿她拾起那把伞，用伞尖捅着我说，好狗不挡道，你别挡着我呀！

我偏要挡你的道，谁让你大白天的在路上追男人呢？我张开双臂站在路上挡着粉丽，我说，你得告诉我为什么追尹成，我才放你过去。

粉丽又用伞尖捅了捅我，她的目光仍然追着尹成的背影。你别管我们的事，粉丽说，你什么都不懂，你不懂我们的事！

你们会有什么事？你们到底有什么事？我说，你告诉我我就放你过去。

粉丽不搭理我了，她踮起脚尖朝远处望，尹成的身影已经消失在制铁厂的围墙后面，她还踮着脚尖傻乎乎地朝那边张望。我看见粉丽的嘴起初是噘着的，渐渐地就咧开了，然后她的喉咙里滚出一种类似打嗝的声音，我知道她快哭了。我正在纳闷她为什么又要哭呢，粉丽已经呜呜地哭开了，她一哭就会把身子扭来扭去的，还像死了亲人似的跺脚，这些我都不管，我就是想弄清楚她为什么要哭，但无论我怎么追问，她就是不搭理我，她就会用伞尖捅我。我后来就丢下她去找尹成了，我想尹成肯定知道她为什么这样出丑。

那天的事情把我忙坏了，我在夹镇的街道与税务所小楼之间来回奔跑，总想解决个什么问题。我再次跑到

税务所去，恰好看见尹成提着背包从台阶上下来，那只
军号被他拴在裤腰上，人一跑军号就摇摆起来，当当地
撞击着木栏杆。尹成明明看见我了，但他也不理我，手
一挥撩开了办公室的门帘，然后我就听见了税务员老曹
和小张七嘴八舌的嚷嚷声。

你这是要去哪儿？老曹说。

去前线，我回尖刀营打仗去。尹成说。

什么时候接到的命令？小张说。

我不管什么命令不命令的，这鬼地方快把我害死
了。我还是去打仗，死在战场上比现在痛快多啦。尹
成说。

你开什么玩笑？干革命又不是买小猪，还能挑肥拣
瘦的？还能由着你的性子胡来？老曹说。

你给我闭嘴，老曹你算个什么东西？一身人皮光溜
溜的，你有几块光荣疤，就敢来教训我？尹成又雷吼起
来。别跟我翻眼珠子，把你的手伸出来接着钥匙，给我

好好守住钱箱，少一个铜板我回来拿你脑袋。

　　税务所的钥匙又不是你家仓房钥匙，想给谁就给谁啦？你给我我还不接呢。老曹在里面嘭嘭地敲着桌子。他说，尹成同志我劝你一句，你这样自由主义……很危险呢。

　　老曹你这个四眼狗！我最瞧不上的就是你这号人，上了战场就尿裤子，到地方反倒成了人啦。你们这号人，我操你们八辈子祖宗，一个敌人也没撂倒，就会暗里给自己同志使绊子。尹成的声音因为暴怒而气冲屋顶，有一刹那我觉得那幢木楼的屋顶快被他震塌了。我走到窗户前，看见尹成一把揪住了老曹的衣领，一下一下地揉着老曹，老曹你这个四眼狗！你算什么同志？你也是一个敌人！小张你这条小油虫，你也不是我的同志，我在夹镇没有同志！尹成的喉咙像被什么堵住了，他仰起脸吐出一口气，一边用手指在眼角上狠狠地擦了一下，我看见了尹成眼睛里的一点湿润的泪光，虽然只是一滴泪光，又被他擦去了，我还是担心尹成会像上次那样哭出来，要是在老曹小张面前哭出来，那尹成的脸就丢尽了。所幸尹成毕竟是尹成，他很快就清了清喉咙，满面鄙夷之色地把老曹推到了墙角，他说，谁要你们这种人做我的同志？你们瞧不上我，我更瞧不上你们，我回尖刀营找我的同志去！

尹成走出税务所时举起军号对着阳光照了一下，我看见一道灿烂的金光在空中掠过。我喊起来，快吹呀，吹一段冲锋号，尹成你不是要去打仗吗？但尹成只是把军号对着我说，我不吹，让太阳吹。我说，太阳怎么吹军号，太阳又没有嘴！尹成说，太阳会吹军号，你听着吧。我看见尹成向着太阳旋转他的军号，渐渐地军号发出一种神奇的嘤鸣声，这个瞬间我目睹耳闻了一个传奇，太阳吹响了军号！尹成让太阳吹响了军号！你想想还有什么事能比这种奇迹令我折服呢！就在这个瞬间我决定要追随尹成，跟他去当兵。

我说过，那一天里我已经多次来往于通向税务所的小楼，但最后一次心情大不一样，我是昂首挺胸地跟在尹成身后走，因为我决定要去当兵了，想当兵就得像尹成那样，昂首挺胸地走。因为我要去当兵了，我再也不怕李麻子家的狗，那条恶狗蹲在路边朝我汪汪地叫，我飞起一脚，那畜生就吓跑了。李麻子正在地里采药草，他弯起腰咒骂我，我对他也不客气，拾起一块泥巴朝他扔去，李麻子还真给我弄傻了。我正在路上耍威风呢，忽然就听见尹成在前面说，别跟着我，跟着我也没用，我送你到你爷爷那儿去？走了几步，尹成又说，夹镇的人有吃有穿，有吃有穿的人就贪生怕死，贪生怕死的人怎么能当兵？你也一样，你也是个贪生怕死的大熊包。

　　我被尹成的蔑视激怒了，我猜他还在为偷裤衩的事耿耿于怀。为了证明我的勇敢，我大叫起来，你别小瞧人，我现在就去邱财家把你的裤衩偷出来，偷出来你就带我走，不准反悔，谁反悔谁就是小狗。

我没想到尹成一把拽住了我，你胡说什么？尹成涨红了脸，凶狠地逼视着我，谁让你去邱财家偷裤衩了？我的裤衩穿在身上呢，你再胡说八道看我揍扁你！

我一下子被尹成弄糊涂了，难道他已经忘了早晨的事了吗？我真弄不明白，为什么尹成老是这样说翻脸就翻脸，这种人你怎么跟他交朋友呢？你能想象到我一下子就像霜打的茄子，蔫了。我又怨又恨地跟在尹成身后走，突然看见了路边那棵老柳树，突然就想起了尹成的那支驳壳枪，那支驳壳枪让镇长没收了，到现在还没有还给他呢，我想起这事便幸灾乐祸地笑了，我一笑尹成就回过头来，于是我对他说，你还去前线打仗呢，枪都让镇长没收了，没有枪你去打什么仗？

尹成这人的耳朵根子就是浅，我这么一说他就站定在路上了，他的手在裤腰上徒劳地摸索了一圈，当然只摸到那把军号。只有军号没有枪了，这件事尹成应该习惯了，但他还是把手伸到那儿摸了一圈。我说，你怎么不敢去向镇长要回你的枪？没有枪你去打什么仗呀？尹成的手按着右胯部，紧紧地按着不放，我看见他的脸上又泛出了生铁的颜色。我怀着怨气继续讽刺尹成，我说，腰上拴把军号算什么？军号又不能当枪使。你怎么不去要回你的枪？你肯定要不回你的枪，谁让你老犯错误？尹成的耳朵根子就是这么浅，我这么一说他就解了军号把它塞进了背包里，但与此同时我听见了他咯咯咬牙的声音，我知道这是一个危险的信号，但我还没来得及躲闪，人已经被尹成一脚踢进了路边的玉米地。

就这么鬼使神差的，我与尹成又闹翻了，我刚才还准备跟着尹成去当兵呢，没一会儿就又和他闹翻了。我躺在玉米地里悻悻地想，尹成这样的人，被邱财偷去裤衩也是活该！

我祖父那天正在镇政府门口与人下棋，他看见尹成背着行李闯进了镇政府，满头大汗，好像浑身冒着火。尹成进去了没多久，我祖父就听见尹成和镇长吵起来了。

镇长说，这会儿你还要去打仗？好像中国革命离不开你似的。告诉你吧，解放军早就打过了长江，南京早解放了，前一阵上海也解放了，马上都要解放大西南了，还用得着你尹成去打仗？

尹成说，我不管那么多，只要去前线就行，只要能打仗就行，大西南不是还没解放吗？我就去大西南！

镇长说，隔了几千里路，你怎么去？插上翅膀飞着去？尹成，我知道你的毛病，个人英雄主义害死了你，群众对你很有意见呐，说你动不动就撩开衣服，给人展览你的光荣疤。

尹成说，放他们的狗屁，是他们要看我才撩衣服给他们看的。我可不管那么多，你把我的枪还给我，我要找部队去。

镇长说，我猜到你是来要枪的，本来枪是该还你了，可是你的思想问题越来越严重，错误越犯越严重，把枪还给你会害了你，你死了这条心吧，枪不能还你。

尹成说，你得把枪还给我，那是我的枪。你给我枪我就走，你别让我磨嘴皮子了，我不会磨嘴皮子！

镇长说，那好吧，我们不磨嘴皮子，我给你一个命令，你听着，现在你向后转，正步走，一直走到门口去！

我祖父这时看见尹成以标准的军人步伐向后转，然后正步走，走到镇政府门口他站住了，他等着镇长的下一步命令，等了一会儿没有动静，他就侧转脸张大了嘴瞪着镇长。镇长抽空到院子一角撒了泡尿，镇长说，还是正步走，目标夹镇税务所，给我回去好好工作！

就是这时候我祖父听见了尹成的一声怒吼，尹成像一头豹子一样扑到镇长的身上，他的嘴里吐出一串脏话，而他的手疯狂地抢夺着镇长腰上的那把枪。我祖父亲眼目睹了尹成和镇长的搏斗，他看见尹成用一只手卡住镇长的脖子，把镇长死死地顶在墙上，而镇长的双手只是全力以赴地捂住他的枪，尹成就用另一只手掰开镇长的手。祖父说要不是秘书小红领着一群民兵赶来，真不知道会闹出什么事来。祖父说那一刻他觉得尹成是疯了，只有疯了的人才会做出这种不计后果的事。

后来镇长就叫民兵们把尹成捆绑起来了。尹成被捆绑起来后还在辱骂镇长，镇长就在他嘴里塞了一块汗巾，即使这样尹成还在用脑袋撞人。镇长就说，把他关起来！关他几天禁闭，什么时候认识到错误什么时候放他出来！后来我祖父看见四个民兵像抬铁砧一样把尹成抬进了镇政府的厢房。

我难以描述听到这个消息后的心情，开始时我说，他活该，谁让他这么蛮？后来我就不吱声了，因为祖父目光炯炯地盯着我，似乎在寻找我与这件事情的瓜葛。我被祖父盯得有点心虚，就说，我没让他去跟镇长要枪，是他自己要去的！祖父沉默了一会儿又问我，你们昨天夜里在邱财家干什么啦？我说，我什么都没干，尹成也没干什么，他光是喝酒，他说他的裤衩被邱财偷走了。祖父想笑又没笑出来，他叹了口气说，尹成还是个孩子，我说他也不会干那丑事，可他要让邱家缠上了，什么都说不清楚，怪不得他心急火燎地要走呢。

我仍然不知道祖父所说的丑事指什么，我只是觉得所有的夹镇人都在自以为是地谈论尹成，包括我祖父。你说的都是什么呀？我这么为尹成辩驳了一句就去给我的蛐蛐喂豆子去了。喂蛐蛐的时候我突然想起尹成的那只蛐蛐，那只蛐蛐黑牙粗脚勇猛善战，那只蛐蛐本来是我的，他要离开夹镇怎么不把它还给我呢？他总不能带着它上前线打仗呀。

坦率地说我去镇政府见尹成就是为了那只蛐蛐，民兵小秃站在厢房门外看管尹成，他不让我靠近厢房的窗子。我就远远地喊了一声，尹成，我的蛐蛐呢？我看见尹成从黑暗处一蹦一跳地来到窗前，就像我祖父所说的那样，尹成被捆起来了，只是他嘴里的汗巾已经没有了。我看着他这种狼狈的样子，忍不住想笑，但尹成投射过来的目光是那么奇怪，我说不出那是悲伤还是倔强。我第一次发现尹成有着一双女孩似的水汪汪的眼睛。我以为尹成会骂我，但他却只是朝我挤了挤眼睛，他说，蛐蛐在我衬衣口袋里呢，你来摸一下，看看它是不是还活着。

我往窗边跑，被小秃捉住了。小秃说，他在关禁闭，不准跟他说话！我正在犹豫呢，尹成在窗里喊起来，别怕他，你这么胆小，怎么去前线打仗？我被尹成这么一喊凭空多了一个胆子，硬是从小秃的腋下挤到窗前。我的手迫不及待地在尹成的口袋上按了一下，尹成又叫起来，你他妈的轻点呀，小心把它压死，口袋用别针缝着呢。我解开尹成口袋上的别针，伸手一摸就摸到

居高声自远 / 2016年 / 48.8cm×69.8cm

深红浅绛秋花开 / 2015年 / 49 cm × 50 cm

了蛐蛐冰冷的尸体，于是我失声尖叫起来，死啦，死啦，你把它弄死了！

我从尹成脸上看到了相似的如丧考妣的表情。不是我弄死的！尹成愣了一下，随后朝里面蹦了一步，他用一种负疚的目光看着我说，肯定是刚才打架的时候让他们挤死的，不能怨我，你他妈的怎么怨我呢？

不怨你怨谁，这蛐蛐我是借给你养的，弄死了你就得赔我一只，赔我一只大黑牙！

赔就赔，你个小气鬼。尹成说，等我出去了就给你抓一盆蛐蛐来，抓个蛐蛐还不容易？

你不是说干部抓蛐蛐会让人笑话吗？

去他妈的干部，谁稀罕？尹成恶狠狠地骂了一声，他跳到厢房角落里，挨着墙慢慢坐下，沉默了一会儿，尹成突然嗤地一笑，说，我哪儿是当干部的人？这回好了，这回我想当干部也当不成了，镇长说我的错误是反党，他诬赖我反党呢！

看守尹成的小秃这时候咳嗽了一声，他走过来不容分说把我拉开，他不敢对尹成怎么样就拿我撒气。他说，你再赖在这儿我就把你也捆起来，让你们哥儿俩一起关禁闭！

我被小秃推出政府的门洞时差点撞到一个人，是粉丽，提着一只篮子，像一个贼似的左顾右盼，猫着腰往里面走。我的手碰到了她的篮子，一个雪白的馒头就从篮子里飞到了地上。粉丽哎哟叫了声，手上忙着拾馒头，嘴一张就骂开了，你们两个要上法场呀，眼睛长在后脑勺上啦，馒头都掉在地上了还让人怎么吃？

掉在地上怎么就不能吃？小秃涎着脸嬉笑道，我吃呀。

谁给你吃？粉丽说，你这号人就配吃牛粪。

你这是给谁送馒头呀？小秃说，还没拜堂成亲呢，就学王宝钏探寒窑来啦？

你管不着，粉丽噘起嘴吹了吹那个馒头，放回篮子里。她对小秃扭了扭腰说，我跟尹成是同志关系，你们再说三道四的，看我不撕烂你们的嘴！别把你那根烂棍横在我面前，让我进去！

谁也不让进。小秃仍然用长矛挡住粉丽，他说，镇长说了，尹同志犯了大错误，尹同志在关禁闭，谁也不让进！

我偏偏就要进！粉丽推搡着小秃，一挥手把长矛打掉了，好你个小秃子，当了民兵自以为是个人了？那次赶集谁趁乱捏我屁股了？是哪个畜生捏我的？你再堵着我，我就告你个调戏妇女罪！

粉丽一闹小秃就软了，小秃给粉丽让出一条路，说，让你进去也没用，门锁着呢，人也给捆着呢，你就是提一篮燕窝馒头他也没法吃，还不如给我吃了呢。

你们捆着他？你们不给他吃饭？粉丽的又黑又细的眉毛拧成个"八"字，粉丽的眼睛不停地眨巴着，手指戳到了小秃的鼻梁上。你们吃了豹子胆啦？粉丽说，他是革命干部，他是战斗英雄呀，你们怎么敢这样对他？

　　我的姑奶奶呀，你别冲着我来了，小秃左右躲闪着粉丽的手指，他说，不关我的事，是镇长下的命令，镇长说尹成犯了大错误啦。

　　镇长算什么东西？他身上有几块光荣疤，就敢把尹同志捆起来？粉丽朝镇长办公室狠狠地啐了一口，然后就环顾着镇政府的院子，捏细嗓子喊起来了，尹同志哎，你在哪里呀？我给你送馒头来啦！

　　是我把粉丽带到厢房的窗边的。粉丽这种女人也实在没意思，我好心给她带路，她还死死捂着篮子里的馒头，生怕我抢了她的馒头。她还嫌我在旁边碍事，想撵我走，可我就是不走，我倒想听听粉丽和尹成有什么悄悄话说。

　　粉丽拗不过我，就一边朝我翻白眼一边敲起厢房的窗子来，她说，尹同志呀，你饿坏了吧？我给你送馒头来啦。

尹成在里面一声不吭，我看见他坐在幽暗的角落里，好像是坐在他的黄背包上。

粉丽说，这可怎么办呢？篮子塞不进去，馒头是进嘴的，总不能一个个扔进去呀。这帮人，他们怎么就这样狠心呢？

尹成还是一声不吭，我以为他睡着了，我也朝他喊了一声，他不说话，但我听见什么东西撞在墙上，发出慌乱而清脆的撞击声。是那把军号，我看见那把军号在幽暗中闪着唯一的明亮的光芒。

粉丽又说，尹同志，你别生他们的气，忍着点，过两天他们就放你出来了。尹同志你是革命干部战斗英雄，他们敢把你怎么样？嘁，他们才不敢把你怎么样呢。

我听见尹成在里面清了一下喉咙，我知道他遇到了难堪的事总要这样清喉咙的，过了一会儿我果然听见了尹成瓮声瓮气的说话声，尹成说，这是我们同志之间的矛盾，不要你管。你赶快带上馒头回去吧，我不想吃，我不吃你的馒头。

粉丽愣了一下，迁怒于我地送给我一个白眼。粉丽敲了敲窗子又说，尹同志呀，人是铁饭是钢，天大的事在身上也得吃饭，人不能不吃饭呀！

你别叫我同志，谁是你的同志？你们一家人死缠着我，没安什么好心！

尹成突然又发作了，他总是把人吓得一惊一乍的。我看见他从角落里站起来了，刚站起来又訇然坐下。我不知道他想干什么，我正在琢磨尹成是怎么回事呢，粉丽已经呜呜地哭开了。粉丽倚着窗捂着脸哭，一边哭一边还跺脚。她一哭我就觉得很滑稽，我趁机从篮子里抓了一个馒头扔进窗子，我说，尹成，馒头还热着呢，你不吃就是傻瓜。

粉丽一哭邱财就应声来了。邱财满脸杀气地冲过来，手臂一挥就给了粉丽一记耳光，你哭什么哭？我还没死呢，你就在这里给我哭丧？邱财一手操起装馒头的篮子，一手推着粉丽，邱财说，还不给我回家？丢人丢到政府来了。拿了这么多馒头，这么多馒头给谁吃？我们家开面厂啦？我们家粮食吃不光啦？要你到这里来充好人。

也就在这时小秃带着镇长和几个干部来了，粉丽看见他们哭声便戛然而止，她从旗袍襟上抽出一块丝帕捂着脸，猫着腰从那群人身边逃过去了。镇长沉着脸问邱财，你女儿怎么回事，跑到政府撒泼来了？她跟尹成是怎么回事？她跟尹成到底什么关系？邱财对镇长笑脸相迎，邱财说，他们没有什么关系吧？人家尹同志是革命干部，我家粉丽看得上他，他可看不上粉丽呀！要不是粉丽给他送馒头，他也不会把她骂出来，门不当户不对的，能有什么？镇长你可别听外面的谣言呀。镇长走近邱财，抢过他手里的篮子检查那堆馒头，他还掰开一个馒头看里面有没有藏了什么。馒头里什么也没有，馒头只是馒头而已，镇长就撕了一片放进嘴里，小心地品尝着。邱财在一边叫起来，镇长你这是在干什么呢，你还怕粉丽在馒头里下毒？这真冤枉死人了，她就是毒死了自己也不会给尹同志下毒呀。镇长对邱财冷笑了一声，说，你们腐蚀毒害革命干部的阴谋诡计多着呢，不一定要靠下毒嘛。

我看见邱财的脸被镇长说得红一阵白一阵的，他一边摇头嗤笑着一边往人群外面钻。有几个看热闹的铁匠伸手去抓篮子里的馒头，邱财就啪啪地打那些手，邱财指桑骂槐地说，这是毒馒头，这是毒馒头！谁敢吃就让他七窍流血，谁敢吃就让他进棺材！

今天夹镇热得快要烧起来了，天空中不见一丝云彩，没有云彩也就没有了风，只有滚烫的阳光大片大片地落下来，落在制铁厂的烟囱和煤山上，落在夹镇空寂的街道上，落在我们房屋屋顶的青瓦上，只要你仔细倾听，便可以听见太阳烤着屋顶青瓦的声音，所有被烤的青瓦都在噼剥噼剥地呻吟或喘息着。

我不知道夹镇为什么突然变得如此安静，细细听才发现是镇上的十几家铁匠铺停止了工作，不惧炎热的铁匠们放下了长锤，夹镇便彻底地安静了。这种安静令人陌生，因此我觉得夹镇变成了一座灼人的坟墓。

我正在家里大声朗读小学课本时，突然听见有人在敲窗，是隔壁的粉丽站在外面，她大概是刚洗过澡，湿漉漉的头发一直垂到腰际，看上去活像一个女鬼。粉丽一边梳她的头发，一边用木梳敲我家的窗板，她说，你还不快去？尹同志放出来啦，你怎么还不去呀？

我说，你没头没脑地嚷什么？你让我去哪儿？

粉丽说，去税务所呀，尹成回税务所了，我说镇长不敢把他怎么样！撤了所长又怎样，他不还是个干部？咦，你还愣着干什么，还不快去？

我就是不爱听粉丽说尹成的事，主要是觉得她不配对尹成好，所以粉丽一说尹成的名字我就不耐烦，我说，我早知道这事了，还用得着你说？你自己想去就去呗，我们的事不用你来管。

哎哟，你倒神气起来了？粉丽在窗外咯咯一笑，她说，你们俩有个屁事？你以为你就是他的同志啦？告诉你吧，尹同志实在是太孤单了才找你玩的，你能顶什么事？你还什么都不懂呢。

粉丽尖牙利齿的时候我就更讨厌她，我跑到窗边，像赶苍蝇一样把她赶走了。我祖父在里屋的鼾声忽起忽落，他说，你跟谁说话呢？快读你的书。我捧起课本又大声读了几句，但课本上的字却视而不见了，耳朵里也隐隐约约地听见了军号的回响。不知为什么，我想起尹成就会听见军号的回响，听见军号的回响我便会往尹成身边跑。

正午时分我就要去找尹成的，但我祖父把门反锁上了。我去祖父的床边搜寻挂锁钥匙时，被他一把揪到了床上，他按着我的手说，躺这儿睡觉，这么热的天跑出去人会烤焦的！我只好躺着等祖父的鼾声再响起来，他睡觉时总是鼾声如雷，但讨厌的是只要我一动弹他就醒了，而且他睡得这么迷糊还知道我的心思，他说，今天不准去找尹成，以后也不准找他，那孩子脑筋缺根弦，放不下那把枪，哪天他起了杀性，一枪把你崩了！我申辩道，他没有枪，镇长早把他的枪收啦！祖父说，没有枪还有手呢，他掐死个人更容易。祖父说完又呼噜呼噜地睡着了，人睡着了两只手却醒着，像铁钳一样夹住我的手，因此整个午后时分我只好躺在祖父的床上。我本来不想睡觉，但祖父的呼噜声震得我昏昏欲睡，后来我就做了那个奇怪的梦，我梦见尹成对着太阳摇晃那把军号，尹成站在玉米地里斜举着那把军号，一个劲儿地摇晃着军号，军号发出了一种低沉的呜咽声，那声音真的酷似人的呜咽，而且呜咽声越来越响越来越细碎。我对尹成喊，别让它哭，你别摇军号，你吹呀，尹成你吹呀，但梦中的尹成与我形同陌路，他只是回头漠然一瞥，他把军号举得更高，对着太阳摇晃着，然后我突然看见那只军号从尹成手中落下来了，它像一个金黄色的精灵铮铮有声地滚过玉米地，朝我这里滚过来，我想去接住军号，但我的手却怎么也伸不出去，你知道我是在做梦，而我的手是一直被祖父紧紧压住的。

那个奇怪的梦使我若有所失，我醒来的时候祖父正用布擦洗凉席上的汗渍，祖父说，你睡觉也不安稳，又打又踢的，看你出了多少汗？我坐在床上回想梦中的军号，我问祖父，军号怎么会哭？军号也会哭吗？我祖父想了想说，什么东西都会哭的，庄稼受旱受涝了会哭，牲口被主人打了会哭，军号怎么就不会哭？不打仗了，没人吹它了，它就哭了嘛。

按说我一醒就该去找尹成的，但我祖父偏偏要我跟他去菜园浇水，我觉得他是故意阻止我去见尹成，这方面祖父跟夹镇人一样势利，好像尹成犯了错误，英雄就变成了狗屎，别人就不该搭理他了。我们为菜园浇水的时候太阳一步步地下了山，我看见棉布商邱财从路上走过。这么热的天，太阳下了山，他还穿着长衫长裤，戴着白草帽，在路上东张西望地走。我祖父问他去哪儿，邱财说，去西关跟人谈点棉布生意。邱财一边说话一边对我们龇着牙笑，他喊着我的名字说，尹同志出来了，你怎么不找他玩哪？话说到一半他自己给自己打了岔，这么热的天，你就别去找人家了，还是陪你爷爷浇菜好。他说着话话又拐了弯，压低嗓门说，告诉你们呀，尹成犯了大错误，当不成税务所所长了。

我不知道邱财那天为什么对我们撒谎，假如他告诉我们是去尹成那里，我正好借机跟着他去，假如他做事不是那么鬼鬼祟祟的，假如他肯带我一起离开菜园，那么后来的事情肯定就不会发生了。当然话也不能说得这

么满，邱财讨厌我，我还讨厌他呢，就算他预见到后来
的事，就算他要带我去税务所，我还不一定跟他去呢。

我是天黑以后才溜出家的，我溜出去时我祖父没察
觉，隔壁的粉丽却突然从门后探出脑袋，对我说，你去
哪儿？又去找尹同志呀？我没好气地瞪了她一眼，我去
哪儿关你屁事？我怕粉丽去向我祖父告密，因此我撒腿
就跑，从西北方向传来的军号声使我越跑越快，到了大
柳树下我才停下来喘了一口气，让我纳闷的是当我停下
奔跑的脚步，一直在我耳朵里萦回的军号声也悄然地消
失了。当我停下脚步，我才发现那阵军号声是虚幻的，
它仅仅来自于我对那把军号的渴念。

税务所小楼不见灯光，黑漆漆地耸立在路边，远远
看上去就像一个拦路的怪兽，我无端地有点害怕起来，
我想税务员小张今天怎么不在灯下打算盘呢，我又想尹
成说不定还在镇政府蹲禁闭，说不定尹成一出来就离开
夹镇去找部队了呢，我站在通往税务所的小路上进退两

难，但就在这时我听见军号声又低沉地若有若无地响起来了，我还看见一大片飞蛾从税务所那里飞过来，于是我试探地朝税务所那里喊了一嗓子，尹成，尹成，你放出来了吗？我这么一喊军号声又倏然消失了，这真让我纳闷，更让我纳闷的是军号声消失后，另一种声音清晰地传入我的耳朵，是谁在泼水，好像有人在水缸边洗澡。

我壮着胆子朝水缸那里跑过去，看见一个人光着身子站在那儿，用一只水瓢往身上泼水。我一眼就认出那是尹成，是尹成摸黑在水缸边洗澡，而那把军号在水缸一侧闪着一圈幽光。

尹成，我喊你你怎么不答应？我还以为这里闹鬼呢。看见尹成我就松了一口气。我坐到缸沿上，脚踢到了什么东西，当的一声，我低下头便看见了那把军号，我说，尹成，你刚才在吹军号吧？

尹成转过身去用水瓢浇他的肩膀，他好像不愿让我看见他光着身子。他说，我要洗个澡，我身上又脏又臭，你离我远一点。

我说，你没吹军号军号怎么会响？你会让太阳吹军号，你不会让月亮也吹军号吧？

尹成说，你离我远一点，我溅了一身的血，我得好好洗一个澡，我的衬衣上全都是血，你离我远一点。尹成又转了个身，他不让我看他的私处，说，才几个月没打仗呀，见了血就恶心，我得好好洗个澡。

我不明白尹成为什么突然提到血，哪来什么血？我这么说着就跳下水缸。我想去拿地上的那把军号，但尹成冲过来抢先一步抓住了军号。尹成说，别碰军号！别碰我的军号！然后我看见尹成把军号放在水缸里用力地漂洗着，水缸里的水随之呜呜地吟唱起来。尹成说，我的军号上都是血，我得好好把军号洗一洗。

看见军号淹在水里我就觉得心疼，我嚷了起来，军号不能洗的，一洗就吹不出声来了！

那当然是我一厢情愿的抗议，尹成肯定比我更懂洗军号的危害，但他没有听见我的抗议，他只是用力地漂那把军号，水缸里的水纷纷溅了出来。我听见尹成说，军号上沾着血，我得把血洗掉，你离我远一点，我得把军号洗干净了。我听见尹成老在说血呀血的，可我就是没听进去，我还讥笑他道，你关了几天禁闭有点傻了，哪来的血呀？军号又不是刺刀，军号上哪来的血呢？

尹成说，我把军号当刺刀了，军号上全是血，我得把军号洗干净了。

我从来没见过尹成这种傻乎乎的样子，我想尹成大概真是关禁闭关傻了，这种想法使我壮着胆子上前抢那把军号，我说，你个傻子，快给我住手，我们还是来吹军号，快来吹吧！我记得就是这时候我的颧骨处挨了冰凉湿润的一击，我记得尹成突然用军号抢向我的面颊，我所熟悉的那种吼叫声也重返耳朵。离我远一点！他晃动着军号对我吼道，我告诉你啦，离我远一点，今天我杀人啦！那会儿我还不知道疼痛，我捂住右脸颧骨惊恐地望着尹成，我说，尹成你说什么呀？你真的傻了吗？

我看见尹成的暴怒像闪电掠过夜空，仅仅像闪电一掠而过，他很快就平静了。我看见他把军号举高了对着天边的月亮，太阳能吹响军号，月亮吹不响的，尹成喃喃自语道。他好像在用军号照月亮，又好像让月光照他的军号。我记得尹成曾经让太阳吹响军号，但那天夜里他没能让月亮吹响军号，也许他不想让月亮吹响军号，只是借月光察看军号是否已经洗濯干净，因为他后来把军号放到我的鼻子前，他说，你替我闻一闻，军号上还有没有血的气味？我忍着伤口的疼痛闻了闻军号，我说，有点腥味，军号是铜做的，铜本来就是腥的。尹成这时候突然古怪地笑了，他说，铜是腥的，可邱财的血是臭的，你没闻到什么臭味吧？我一时愣在那儿，然后我就听见尹成说，我把军号当武器了，我用军号把邱财砸死啦！

我以为尹成是在开玩笑，但我一转眼就看见一只白草帽挂在旁边的玉米秆子上，我知道那是邱财的草帽。我还看见玉米地陷下去一块，里面好像躺着个人。我半信半疑地跑进玉米地，跑进玉米地我一脚踩到了邱财的一只手，一只软绵绵的像棉花一样的手。我尖叫着跳了起来，然后我拔腿就逃，但我可能吓糊涂了，我绕着水缸跑了几圈，最后还是撞到了尹成的怀里。尹成抱住我说，你看你这孬样，见了个死人就吓成这样，还想去当兵呢。

　　尹成这句话对我还是起了点作用的，后来我一直站在水缸后面，小心地与尹成保持着距离，正因为我没有逃跑，我听到了尹成本人对尹成事件的解释——你知道尹成事件后来轰动了整个解放区，而人们在谈论这件事情时都会提到一个男孩，说只有那个男孩知道尹成为什么用军号砸死棉布商人邱财，那个男孩不是别人，那个男孩当然就是我。

就在那个炎热的七月之夜，就在税务所所长尹成杀死棉布商邱财的现场，我怀着惴惴不安的心情盘问了事件的真相，我以为他不会回答，但出乎意料的是尹成把一切都告诉我了。

他把我的肺气炸了，尹成说，他就像一只苍蝇一样盯着我，他以为我免了职就跟他平起平坐了，他以为我不爱说话是让他抓着把柄了，他以为我躲他是怕他呢。

那你把他撵走不就行了？你干吗要杀他？

我的肺气炸了。尹成说，我不想杀老百姓，可我压不下那股火呀，他硬要把他闺女塞给我，他把我当什么人了？夹镇的女人我一个也不要，我就是打一辈子光棍也不要他的闺女。

你不要她就不要了嘛，他又不能把你们绑在一起，你干吗要杀他呢？

他把我的肺气炸了。尹成说，他东拉西扯他说我那条裤衩，他来讹我呢，说要把裤衩交给政府。

他要交政府就让交呗，你就说是他把你的裤衩偷了，那不就行了？

那裤衩——不说它了，你还小呢，说这些脏了你的耳朵。尹成说，我早猜到他会拿这事讹我，光为这事我也不会杀他。我不理他他还得寸进尺了，他又东拉西扯跟我说做棉布生意的难处，说他要借一笔钱去进货，我见他老用眼睛瞄那只钱箱就问他，你想跟谁借钱？他一张嘴就把我气炸了，他让我打开钱箱借钱给他呢，他把我的肺都给气炸了，他以为我犯了错误就会跟他勾结呢，他以为我是党的叛徒呢！

你别开钱箱，你不给他钱他敢怎么样，你不该杀他呀！

那会儿我还没想杀他，他要光站在那儿说，说到天亮我也不理他，尹成说，可他以为我不说话就是答应他呢，他把手伸到我裤子口袋里啦，他涎着脸在我口袋里摸钱箱的钥匙呢。

你不该把那钥匙放口袋里，你别让他在口袋里摸嘛。

我的肺给他气炸了，他一摸我我的火就直往头顶上蹿。尹成说，我警告他了，可他就是不怕我呀，他说你能把我怎么样，你能白摸粉丽我就不能摸你？我说你再摸一下我就宰了你。他还是涎着个脸，他一点也不怕我了，他说你能把我怎么样，你连枪都给镇长没收了，他说你连枪都没了还能把我怎么样。他一说到这事我就忍不住了，我的火蹿到头顶上，操起军号就给了他一下，我实在是忍不住啦！

你砸他一下他就死了？砸一下死不了的，你刚才也用军号砸我脸了，我怎么没死？

我不记得砸了几下。我在河南前线也用军号砸死过一个国民党的兵，谁记得砸了几下呢？尹成突然蹲了下来，我看见他在黑暗中用手指擦抹着军号，军号在月光下反射出一圈幽幽的光，它的轮廓看上去那么美丽而又那么坚硬。我们沉默了一会儿，我们不说话水沟里的青蛙便聒噪起来，受惊的蚊群也趁机从玉米地里飞回来。我看见尹成在头顶上挥舞着军号驱赶蚊群，他说，这是什么鬼天气，热死人了，这么热的天逼你杀人呢。

你胡说，夹镇每年都这么热，我怎么没杀人？

这么热的天，我的脑袋都给热晕了。尹成说，要不是天热得你没办法，兴许我就不会砸他那么多下，兴许就砸一下教训他。

是你杀了他，你不能怪天热，我爷爷说他早就看出来了，他知道你会杀人。

我不想杀人，主要是心情太坏了，到夹镇这么多天我的心情一天比一天坏。尹成说，要不是心情太坏，兴许我下手不会那么狠，兴许他就不会死。

你不能怪心情，心情又不长手，心情不会杀人，是你用军号砸死人了。

我用军号砸死他了，尹成说，看见他咽了气我就犯糊涂了。以前我不知杀过多少敌人，他们的肠子粘在我身上我甩两下就继续往前冲，我从来没犯过糊涂，这回我却站在他身边犯糊涂了，我不知道自己怎么会像个傻子似的，怎么会站在那儿犯糊涂？

你当然会犯糊涂，他是老百姓，他再坏你也不该杀他嘛。

我不该杀他。尹成说，我抬头看了眼天，天那么黑，我一下就明白了我为什么会犯糊涂，以前我打仗杀敌人时太阳当头照着呢，以前我杀敌人时敌人的鼻毛都看得清清楚楚呢，可这回什么也看不见，就看见他像条狗似的趴在地上，天那么黑，我什么也看不见了。我一下子都想不起他是谁啦。

他是邱财，是粉丽她爹，你别忘了你还在他家喝酒呢，我不让你喝你偏要喝！

我把邱财给宰了。尹成说，现在我心里明镜似的，我不是犯错误，我是犯了罪啦，告诉你你也不懂，现在我的心反而落下来了。到夹镇这么多天，我的心一直没落下来，我的心一直跟着徐大脑袋他们走呢，现在好了，我的心反而落下来了。

你是干部，干部犯了罪会不会拉出去枪毙？

我正想这事呢，尹成说，他们要是把我枪毙在夹镇，那我就吃亏了，我可不愿意跟邱财换这条命。我正想一件好事呢，他们要是愿意让我死在战场上就好了，我尹成一条命起码得换回敌人十条命，他们要是让我死到战场上，那我死得也值啦……

尹成眼睛里闪烁的光点在黑暗中无比晶莹剔透，我怀疑那是一滴泪，我一直想弄清楚那是不是一滴泪，因此我突然跑过去用手背碰了碰尹成的眼睛。尹成抓了我的手使劲地捏了捏，我以为他会对我发怒，但尹成在那个夜晚把我当成了他的亲人，我没想到尹成会如此坦诚地承认那滴眼泪。你别碰它，别碰它，尹成捏住我的手说，我就是这点没出息，碰到个伤心事那尿滴子就滴出来了，怎么忍也忍不住。尹成捏住我的手使劲地晃着，他说，你以后别学我，男子汉大丈夫，一辈子别滴那尿滴子！

我从来不滴尿滴子！

我这么自豪地宣布着，突然发现尹成其实也有不如我的地方，我因此异常勇敢地走到玉米地里，绕着邱财的尸体走了几圈。我用食指碰了碰邱财的手，那只手像一个枯玉米棒子摊在地上。我突然想起夹镇人传人的一件事，说制铁厂厂主姚守山杀了人就把死人埋在玉米地里，我想尹成怎么这么笨，他为什么不把邱财埋在玉米地里呢？于是我朝尹成喊道，你怎么这么笨？把他埋到玉米地里，把他埋起来，谁也不知道你杀人了呀。

尹成还站在水缸边。尹成在黑暗中穿好了裤子，他说，我不笨、我知道你在动什么鬼点子，可我不能埋他，我不能做这种事。

你怎么这么笨？埋了他你就逃，等别人发现你早到了前线啦！

要是我想这么跑早就跑了，可我就是不能这么跑，我是个革命干部，我是党的人，杀了人就逃，那我还怎么继续革命呢？革命只能向前冲，革命不能往后逃的。

说到革命我知道自己茫然无知，我不再说服尹成藏尸灭迹，但我总觉得有件事情该跟尹成谈一谈。后来我的目光一直盯着水缸边的军号，军号在那个炎热的夜晚发出一种奇妙的颤音，军号在那个炎热的夜晚好像快跳起来了，好像快奔跑起来了，好像快高声呐喊起来了。那只军号在黑暗中凝望着它的号手，号手却凝望着夏夜的黑暗，无人吹奏的军号便自己吹响了，我听见了军号自己吹响的声音。你知道我想跟尹成谈的就是军号的事情，我想要那把军号，可我张口结舌就是开不了口，我想要是尹成自己把军号送给我就好了，可那好像是不可能的。我正这么想着奇迹就发生了，我看见尹成拿着军号走到我面前，他的手像老人似的颤索着，他说话的声音也像老人一样颤索着，但每一句话我都听清楚了。尹成说，过一会天就亮了，天一亮我还不知道自己是死是活呢，还是把军号送给你，要不我死了也放不下心，还是把军号给你吧。

我正要去接军号奇迹就发生了，关于那把军号的奇迹你一辈子也不会相信，而我一辈子也没有想明白，那把军号滚烫滚烫的，比铁匠铺里的热铁还要烫上一百倍，告诉你你绝不会相信的，那把军号燃烧起来了！我惊叫着，眼看着那把军号在尹成手里慢慢泛红，军号之光由古铜色转为玻璃色，那把军号慢慢燃烧，最后像一团血红的篝火似的燃烧起来啦！

我像个傻子一样惊叫着，对着那把燃烧的军号束手无策，我记得尹成一次次把他心爱的军号往我怀里放，可我最后还是没有接住它，因为那时候我祖父打着一盏灯笼来找我了，我祖父在路上一声声地喊着我的名字，我觉得我真的像个傻子一样。我后来没有去接尹成的军号，却撒腿朝我祖父那儿跑过去了。

然后我听见了尹成最后的军号声，我朝我祖父跑过去时尹成吹响了军号，嗒嘀嘀嗒嗒嘀嘀嗒，军号声一响我跑得更快了，你知道听见军号声我总是跑得比马还快，我跑得比马还快，我觉得身边的空气呼呼地燃烧起来，整个夹镇也呼呼地燃烧起来啦。

第二天尹成从夹镇消失了，没有人知道尹成的去向，镇上的干部们肯定是知道的，但他们都对这件事讳莫如深。镇长有一次亲自跑到我家来，向我问这问那问了半天，我把知道的一切都告诉他了。末了我问镇长尹成的下落，问他尹成会不会被枪毙，他却不肯告诉我。他不仅不告诉我，还不准我把尹成的事告诉别人。

我是尹成在夹镇唯一的朋友，尹成杀人的事我才不会乱说呢。让我头疼的是隔壁的粉丽，自从她爹死了以后她老是像个鬼魂一样跟着我，我走到哪儿她跟到哪儿，她的眼睛肿得像只核桃，蓬头垢面地跟在我身后。我对她说，你别像个鬼魂似的跟着我，又不是我杀了你爹。粉丽的喉咙里就发出一声打嗝似的呜咽，她呜呜咽咽地说，告诉我尹成在哪儿，我要跟他说一句话，我只要跟他说一句话。

我不知道粉丽要跟尹成说一句什么话，问题是我自己还想跟尹成再说句话呢，我想问他那天是我看花眼了，还是军号真的燃烧起来了。但我知道尹成不会回来了，不管是死是活，尹成终于离开了他讨厌的夹镇。尹成，我的朋友尹成，我所知道的最年轻的革命干部尹成，他再也不会到讨厌的夹镇来了。

我后来一直讨厌我的故乡夹镇，在别人看来这几乎是一件不可理喻的事情，但我觉得我可以解释这种厌恶的缘由，其中最重要的一点也许与尹成有关。一个人总是对他童年时代的朋友满怀赤子之情，我相信我讨厌夹镇是因为夹镇断送了我与尹成的友谊，夹镇毁了尹成，也吹灭了我通往军旅生涯道路上的一盏指路灯，你知道我本来是会跟着尹成去从军的。

　　大概是六年以后，我在省城参加了工作。我所在的区委负责筹备抗美援朝烈士纪念馆，每天都有志愿军烈士的遗物运到纪念馆来。有一天我正在布置橱窗，一个同事突然挥着一张照片朝我冲过来，他说，小李，这个烈士的名字和你一模一样！我好奇地看了眼照片后面的名字：李小牛，果然跟我的名字一模一样。我把照片翻过来，想看一眼这位与我同名同姓的烈士的模样，我把照片翻过来，看见的是一张年轻而沉郁的脸，尽管照片已经被朝鲜半岛的炮火烧掉了半个角，但是烈士充满野性的眼睛逼视着我，烈士的嘴角坚毅地抿紧着，不露半丝笑容，而他的一道浓眉高高地挑起来，向我划出一个问号。我失声大叫起来——你这会儿大概已经猜到了，烈士李小牛不是别人，他就是我童年时代的朋友尹成。

一个谜在六年以后终于解开了。不知为什么我后来在纪念馆一角阅读烈士的材料时有一种如释重负的心情，坦率地说我并没有为尹成之死感到悲哀，只是感到庆幸，我不知道尹成是怎么跑到朝鲜去打美国鬼子的，让我感到庆幸的是尹成终于完成了他的夙愿，尹成终于死在了战场炮火之中，对于我的朋友来说，他是死得其所了。坦率地说我真是为尹成感到骄傲，我刚知道他隐姓埋名参加了志愿军，尹成总能创造奇迹，我一时无法查考这奇迹是如何出现的，但他去朝鲜打仗用了我的名字，这简直让我受宠若惊，我想没有一件事比它更能说明我们的友谊了。

有关烈士李小牛——不，应该说有关烈士尹成的文字材料非常简短。材料中说尹成死于著名的白头山战役，尹成为了掩护战友用身子堵住了一座碉堡的枪眼。唯一让我怅然若失的就是这段文字不仅过于简短，而且

游戏三昧　/ 2013年　/ 41cm×56cm

黄雀觅趣 / 2013年 / 36cm×72cm

许多地方都错了：譬如尹成的籍贯写成了我的老家夹镇，尹成明明是山东人，我老家夹镇又怎么能承受这样的荣誉？譬如尹成的年龄在材料中是十九岁，我记得尹成在夹镇那年就是十九岁，这么多年过去了，他怎么还是十九岁呢？当然我后来很快就想通了，这种错误不能归咎于整理材料的人，那个文书或者宣传干事又怎么知道烈士李小牛就是尹成呢？他也许根本就不认识尹成，又怎么知道尹成在夹镇的那段故事呢？

尹成留下的遗物是一只军用帆布包，我打开帆布包时一只军号訇然落地，一只像黄金一样闪亮的军号落在我脚下，还散发着战场特有的焦硝味。我拾起军号走到纪念馆外，我举起军号对准太阳，看见整个天空整个世界都是金黄色的，我听见阳光震动了空气，空气吹响了军号，然后我所熟悉的尹成的军号声响彻了城市的上空。我模仿我的朋友尹成，举起军号对准太阳，我看见的就是太阳，还有太阳周围金黄色的灼热的天空。

创作，我们为什么要拜访童年？

没有人能记得起来自己的婴儿时期，但我们知道，每一个婴儿出生以后，总要睁开眼睛朝世界看一眼，医学专家说，这第一眼看了也是白看，刚出世的婴儿由于没有光感，他们对外部世界的第一印象其实是模糊不清的。随着婴儿对光的适应和视力的自然调节，他们渐渐能看见母亲的脸，看见晃动的物体，后来能看见一个较为具体的童年世界。但是从严格的意义上说，不管是什么人，他们对世界的第一记忆，注定是丢失了的，是一种永恒的模糊，也是一种无法弥补的缺憾。没有人能真实地回忆婴儿时期对世界的第一次打量，他们到底看见了什么？我们现在所拥有的童年回忆，其实都跳过了第一次，不是残缺不全的，便是后天追加的，甚至是不折不扣的虚构的产物。

从某种意义上说，文学是延续童年好奇心的产物，也许最令作家们好奇的是他自身对世界的第一记忆，他看见了什么？在潜意识里，作家们便是通过虚构在弥补第一记忆的缺陷，寻回丢失的第一记忆，由于无法记录婴儿时期对世界的认知，他们力图通过后天的努力，去澄清那个最原始、最模糊的影像，最原始的大多也是最真实的，偏偏真实不容易追寻，即使是婴儿床边墙的颜色，也要留到好多年以后再作结论。

那么一个婴儿看见了什么，就意味着一个作家看见了什么吗？寻回对世界的第一次打量有意义吗？作家们是否有必要那么相信自己的童年？借助不确切的童年经验，作家们到底能获取什么？这是值得我们讨论的。

我们可以说，童年生活是不稳定、模模糊糊、摇摇晃晃的，一部优秀的文学作品却应该提供给读者一个稳定的清晰的世界，读者需要答案，而作家那里不一定有，这其中隐藏着天生的矛盾。一个清醒的作家应该意识到这种矛盾，然后掩饰这种矛盾，一个优秀的作家不仅能意识到这种矛盾，而且能巧妙地解决这种矛盾。解决矛盾的方式多种多样，但是有一点是共通的，那就是这些优秀的作家往往沉溺于一种奇特的创作思维，不从现实出发，而是从过去出发，从童年出发。不能说这些作家不相信现实，他们只是回头一望，带领着大批的读者一脚跨过了现实，一起去暗处寻找，试图带领读者在一个最不可能的空间里抵达生活的真相。

我举一个例子，是关于加西亚·马尔克斯的。在大家的印象中，他的所有作品都贴了一张魔幻现实主义的标签，是非凡的想象力的结果。在我看来，想象力不是凭空而来的，所有的想象力都有其来源。在马尔克斯这里，想象力是他一次次向童年索取事物真相的结果，在《百年孤独》《霍乱时期的爱情》以及大多数作品中，都有他潜入童年留下的神秘的脚印。

马尔克斯八岁以前一直是跟着外祖父母生活，他常常说，他从他们那儿接受到的影响是最为深刻坚实的。那是一座阴森的房子，仿佛常有鬼魂出没。据他说，《枯枝败叶》中上校的那座房子就是以此为母本，还有《格兰德大妈的葬礼》中格兰德大妈的房子，《恶时辰》中阿希思一家的房子，还有《百年孤独》中布恩地亚一家的宅院，都是以此为母本。他这样回忆童年时代的家："这座宅院的每一个角落都死过人，都有难以忘怀的往事。每天下午六点以后，人就不敢在宅院里随意走动了。那真是一个恐怖而神奇的世界，常常可以听到莫名其妙的喃喃私语。"紧接着他解释了六点钟的意义，"那座宅院有一间空屋，佩特拉姨妈就死在那里，另外，还有一间空屋，拉萨罗舅舅在那儿咽了气。一到夜幕四合时分，没有人敢在宅院里走动，是因为死人这时候比活人多。一到下午六点钟，大人就让我坐在一个旮旯里，对我说，'你别乱走乱动，你要是乱动，佩特拉姨妈和拉萨罗舅舅，不定谁就要从他们的房间里走到这儿来了！'所以，我那时候总是乖乖地坐着，我的第一部中篇小说《枯枝败叶》就塑造了一个七岁的男孩，他自始至终就一直坐在一张小椅子上。至今，我仍然觉得，那个小男孩有点像当时的我，在一座弥漫着恐怖气氛的宅院里，呆呆地坐在一张小椅子上。"

我们来看马尔克斯的这段自述，涉及的地点是明确的，是他外祖父母的宅院，涉及的时间貌似清晰，但其实让人心存疑窦，为什么六点钟以后鬼魂就出来了呢？为什么六点钟以后鬼魂开始喃喃私语？在外祖父母家里，到底谁看见过真正的鬼魂？到底是小说中的小男孩像童年的马尔克斯，还是童年马尔克斯像那个椅子上的小男孩？这些都是连马尔克斯自己也无法确定的。但有一点可以确定，他借助这样的回忆，潜回童年时代，重温了一个意义非凡的姿势，这姿势就是一个七岁的孩子长时间地坐在一张小椅子上，坐在黑暗里。我们有足够的理由相信，成年后的马尔克斯应该不再害怕鬼魂，但他留恋最原始的恐惧心。我们说一个成年人的恐惧是具体、有针对性的，针对人，针对物，针对命运和处境，甚至针对时间。而蒙昧的童年时代的恐惧却是混沌而原始的，针对的是所有已知和未知的世界，所以我们看见的是成年后的马尔克斯通过记忆，重新抢回了七岁时的那张椅子，在等待鬼魂的过程里重温了恐惧的滋味。鬼魂对成熟的读者来说仅仅是鬼魂，描述鬼魂对读者来说也许意义不大，但描述恐惧却是一项文学的任务，也是读者的需要。

我们从这个例子可以清晰地看到，马尔克斯是如何拜访消失的童年，利用一些确定的和不确定的童年记忆，抵达了一个非常明确的文学命题的核心——人的恐惧感。以下的图例也可以看作马尔克斯完美利用童年记忆解决前面所述矛盾的方式。

外祖父母的宅院——六点钟黑暗——鬼魂——坐——恐惧

　　在马尔克斯的创作中，潜入童年还有一个秘密的动力，那就是童年时代的好奇心容易得到简洁的答案。他喜欢用那种简洁的答案来回答他在现实生活中久思而不得的疑问。大家一定记得《百年孤独》中那个为自己织裹尸布的女子阿玛兰塔，实际上她是马尔克斯的一位姨妈。"我有这样一位姨妈，她是一个非常活跃的妇女，每天在家里总要干点什么事情。有一回，她坐下来织裹尸布了，于是我就问她：'您干吗要织裹尸布呢？'她回答说，'孩子，因为我马上就要死了。'这个织裹尸布的姨妈同时也是个极其智慧的善于解决问题的人，有一天她在长廊上绣花，忽然有一个女孩子拿了一个非常奇特的蛋走了过来，那蛋上有一个鼓包。那时候我们家简直像一个解谜答疑的问询处，镇上谁有什么难事都要来问个究竟，碰到谁也解不了的难题，总是由我这位姨妈出来应付，而且人们总是能得到满意的答复。我最为欣赏的是她处理这类事情时从容不迫的坦然风度，她转脸朝那个拿着怪蛋的姑娘说，'你不是问这个蛋上为什么长了一个鼓包吗？啊，因为这是一只蜥蜴蛋，你们给我在院子里生一堆火。'等生好了火，她便泰然自若地把蛋扔进火里烧了。"这个姨妈进入小说后，摇身一变成为阿玛兰塔，她在长廊里绣花时，竟然与死神侃侃地交谈起来，非常乐观非常主动地参与自己的死亡。马尔克斯后来说，"她（指这位姨妈）的从容不迫的坦然态度帮助我掌握了创作《百年孤独》的诀窍，我在这部小说里，也像我姨妈当年吩咐人把蜥蜴蛋扔在火里烧了一样，神色自然，从容地叙述着那些耸人听闻奇诡怪异的故事。"

在这里马尔克斯泄露了一部分写作天机，另外一部分需要我们来分析总结。关于姨妈的记忆不仅是用来塑造阿玛兰塔这个人物形象的，生活中有好多个"为什么"，作家不好回答，或者没有足够的把握来回答，但回答是不可回避的。于是马尔克斯用了这么一种方法，请出童年记忆中的人物，让他们出来说话，正如《百年孤独》中的阿玛兰塔，她的光彩不仅是以从容而浪漫的姿态面对死亡，更在于她用独特的方式解读死亡。我们从这些例子中也可以隐约地看出，马尔克斯用来回答生活中的"为什么"时，并不信赖哲学或者哲学家，他更信赖他的姨妈或者别的一位什么亲朋好友。我们也可以说，在马尔克斯大量地利用童年经验创作时，无意中也创造了一门童年哲学。因为有了这个所谓的童年哲学，形成了一座来往自由的桥梁，作者也好，读者也好，你可以从一个不完整的不稳定的模模糊糊的童年记忆中走到桥的那边去，桥那边有我们迷乱的现实生活。也许一切都可以被引渡，也许一切都允许置换，"过去"是回答"现在"最好的语言，简洁是对付复杂最好的手段，正如死亡是对生命的终极阐述。从某种意义上说，我们如此辛苦地拜访童年生活，只是想探索一条捷径，直抵现实生活的核心。